Collection Écrit d'ici.

ISBN : 979-10-91985-43-7
wwww.editionsansouire.fr

La corne bleue

Serge Colombaud

ÉDITIONS
SANSOUIRE

Luna

Cette histoire n'est pas complètement la mienne.
Pourtant, ma vie est intimement liée à celle des personnages de « La Corne bleue ».
Je m'appelle Luna Youndé. Je suis journaliste.
Lorsque j'ai commencé mon enquête, en Camargue, j'étais loin d'imaginer ce que j'allais découvrir.
J'ai écrit ce livre, sorte d'introspection, que je dédie à ma fille, Zoé. Avec mon homme Victor, c'est notre petite Amazone. Il faut voir comment, du haut de ces dix ans, elle fait corps avec son cheval.
C'est certainement de son père qu'elle tient ce don. Moi, je n'ai aucune base en la matière et je ne suis pas très prolixe lorsqu'il s'agit de monter sur un canasson. La question des origines, de ce qui relève de l'atavisme, de la génétique ou de l'environnement social m'a d'ailleurs taquinée les neurones et motivée à me lancer dans cet écrit.
Il peut d'ailleurs paraître étonnant que moi, la citadine absolue, fervente du mouvement perpétuel de la cité phocéenne où j'ai passé mon enfance, ou moi encore toulousaine, le temps de mes études, régulièrement mêlée à la foule grouillant sur la place du Capitole, je sois venue m'isoler loin de tout, dans un mas au bord du Vaccarès, à accomplir finalement mon destin.

L'apiculteur

Depuis 5 heures du matin on pouvait entendre à plus d'un kilomètre à la ronde, la note monotone de la grosse turbine qui donnait à l'engin des airs de « golgoth ».
Mais le dérangement pour le voisinage demeurait sans conséquence.

Peu de monde habitait à la Laune et tous ceux qui vivaient là étaient des paysans naturellement compatibles avec l'ambiance d'une matinée d'été où les coqs s'égosillent à l'aurore, pendant que les tracteurs enroués sillonnent déjà les vignes.
Avant la montée du soleil, sulfate, parasoufre, benlate, jaillissaient des pulseurs, en guerre contre une armée mycélienne.

Elian était aux commandes. Il vaporisait les produits chimiques sur les ceps, mouillant à foison leur feuillage agité par le souffle de l'appareil.
De ces mixtures, il en prenait plein les narines.
Il s'emboucanait à tire-larigot !

Il était 7h00 quand un fourgon de la gendarmerie passa sur la route en surplomb des Clapières.

Du haut de son tracteur, le vigneron était aux premières loges.
En été, il voyait quotidiennement s'éveiller le jour du côté de Saint-Gilles et disparaître dans ses derniers tours le rayon du phare de l'Espiguette qui finissait de tracer ses diagonales vers le large.
Il distinguait les flottilles d'halbrans s'élever au-dessus de l'étang.
Et il repérait les premiers véhicules qui, dès potron-minet, circulaient dans le voisinage comme ce fourgon de la gendarmerie filant ce matin-là vers le pont des Tourradons.

Quelle était la destination de cette brigade ?

La scène ramena Elian à l'automne 1977, quatre ou cinq ans plus tôt.
Gendarmes et pompiers avaient du déployer de gros moyens sur cette même route.
Avec l'équinoxe et ses pluies diluviennes, le Vistre transformé en torrent s'était mis à dégueuler à grands flots dans toute la plaine. Sans autres alternatives, les manades devaient rapidement quitter le pays d'été pour rejoindre leur quartier d'hiver. Là, nous étions en mode d'évacuation d'urgence.
L'accident se produisit sans que l'on ne puisse vraiment en comprendre la cause. Les victimes étaient expérimentées, pas enclines à la négligence.
Mais les deux gardians de la manade Aubanel ont perdu la vie en essayant de sauver des taureaux, en tentant de les évacuer de ces Clapières en furie.

Au franchissement d'un fossé, le premier se retrouva submergé, figé sur son cheval qui semblait aspiré par la fange. Très vite il disparut, englouti par les flots. Son ami sur sa monture se lança à son secours. Il fut à son tour pris par le courant, happé par le Vistre.

L'ancien fleuve côtier revendiquait sa puissance.
Qui aurait pu savoir, sinon les Grecs ou les Romains, qui avaient fréquenté ces lieux des siècles plus tôt, que le cours d'eau venu des garrigues nîmoises, pouvait à ce point saliver par intervalles millénaires des courants mortels ?

Le véhicule de la gendarmerie fonçait vers la cabane de « l'apiculteur », Régis Galoubier, étrange personnage, à la fois gardian, braconnier, sagneur, pêcheur et spécialiste des abeilles.
Il savait aussi comment élever des guêpes dont il se servait pour nourrir ses « chasseurs d'Afrique » qui coloraient en feux d'artifice son immense volière, où se côtoyaient chardonnerets, pies-grièches, poules sultanes... au gré des compartiments qu'il avait aménagés pour correspondre aux besoins des espèces.

Régis avait la réputation d'un ermite irréductible. Il aimait vivre dans cette cabane soumise aux mouvements d'eau. Il pouvait y rester plusieurs semaines en période de crue en se débrouillant pour économiser les provisions qu'il savait rassembler pour anticiper les temps d'isolement.
On disait aussi qu'en guise de lit, il dormait dans un *negachin* bourré d'un matelas de sagne.

Il pouvait ainsi, allongé dans cette arche de Noé minimaliste, se préserver des éventuelles inondations survenant pendant son sommeil.
« Galoubier ! cria le capitaine Martino aux abords de la cabane, c'est la gendarmerie. On a besoin de t'entendre dans l'affaire du raseteur Capestan. Tu es là ?! »

Tout en appelant l'habitant des lieux, les gendarmes s'approchaient de cette paillote façonnée style land 'art. Les matériaux qui la composaient étaient hétéroclites. Il y avait de la tôle, des pierres de taille, des planches, des cannes, de la sagne et un capot de bagnole qui servait de couvercle au dessus de la tonne à eau. Ce gros bassin surélevé libérait par un long tuyau de plomb, l'eau de pluie récoltée vers une pile en pierre placée sous un gros robinet. L'autre moyen pour disposer davantage d'eau potable, provenait de la source qui pissait plus ou moins selon la saison à quelques mètres de la cabane. Régis avait à sa disposition un puits artésien, de ceux que les propriétaires cadastrés sur ces terres, conservaient jalousement en cachant leur accès le mieux possible.

Régis Galoubier vivait là en marginal sur le domaine des Tourrades. Jean Danglar, le manadier, lui octroyait un salaire mensuel et lui accordait le droit de demeurer dans la cabane sur la propriété. Régis gagnait quelques francs avec la vente de son miel et au gré des saisons, livrait du poisson, du gibier, des cuisses de grenouilles, des escargots à quelques étals sur les marchés du coin.
Certains lui prêtaient aussi des compétences d'herboriste, d'apothicaire qu'il savait monnayer. On le disait capable

de concocter d'extraordinaires mixtures pouvant guérir un cheval fiévreux ou bien de le tuer instantanément !

Vers 9 heures, Elian vit passer l'estafette des gendarmes qui retournait vers Vauvert. À son bord, l'apiculteur menotté à l'arrière du véhicule faisait face au capitaine Martino. Sa garde à vue avait été prononcée par le tribunal de Nîmes. Une enquête était en cours suite au décès de Lionel Capestan, un jeune du coin.

Pour la Cocarde d'Or, le taureau Caldérone de la manade des Tourrades avait infligé une « pointe » à l'avant-bras du raseteur. Rien de vital n'était touché, mais Lionel avait du abandonner la compétition alors qu'il était passé en tête, qu'il venait même de vaincre face à son rival, le provençal Victor Pouget.

Conduit à l'Hôpital d'Arles il décédait dans la nuit, soudainement tétanisé, quasiment transformé en statue sur son lit.
L'équipe médicale qui jusque-là avait apporté les soins en adéquation avec le type de blessure, loin de supposer des complications particulières, demeura exsangue au constat du décès.

Comment le raseteur Pouget aurait-il pu imaginer au moment de la remise des prix que son concurrent, éliminé du jeu par un coup du sort, allait trépasser quelques heures plus tard ?
Il dut amèrement se satisfaire de la deuxième place sur le podium, relégué là, lorsque Capestan pour passer en tête

de seulement un point, avait ravi la ficelle du cocardier Caldérone.

Le trophée du vainqueur fut remis au tourneur de Lionel, lui-même ancien lauréat de la compétition, tandis que le raseteur était évacué par ambulance.

L'hôpital d'Arles fit le rapport d'une mort probablement liée à un choc anaphylactique brutal mais ne parvint pas à en déterminer la cause. Le jeune homme n'avait pas de terrain allergique connu.

« Cela fait partie de ces situations que l'on ne peut pas détecter et face auxquelles on se retrouve complètement démuni », déplora le médecin responsable du service.

Bien qu'étrangement survenu, pourquoi le décès du jeune homme avait-il conduit au bord du marais à arrêter Régis Galoubier et à perquisitionner son logis de fortune ?

Lionel

Me voilà mort.
Sur ce lit de l'hôpital d'Arles, mon corps n'est plus qu'une épave.
Il y a environ deux heures encore, je me concentrais avant d'entrer en piste, avec le souvenir de mes prédécesseurs victimes de la corne.
Et je vogue maintenant vers ce paradis blanc des raseteurs.
Je me sens tout drôle, si léger.
Moi le mécréant, baptisé, oui, mais au demeurant plutôt athée radical, j'ai cette impression de cautionner là, une sorte de vie éternelle, alors que mes convictions sur l'au-delà ont toujours été réduites aux limites visibles de l'horizon.
Je remercie Luna. D'une certaine façon, elle prolonge ma vie en la racontant.

« J'étais arrivé dans les vestiaires vers 16 heures.
Je n'aimais pas venir trop en avance. Il ne fallait pas que le temps nécessaire à ma concentration puisse être phagocyté par la pression de la compétition.
Une fois dans l'enceinte des arènes, je devais endosser ma tenue blanche, m'échauffer et contrôler totalement mes pensées.
Aucun laps de temps n'était permis pour la gamberge. Je devais maîtriser mon trac, comme je pense un comédien qui va entrer en scène et se donner au public.

Une foule m'attendait, j'allais me mesurer à bon nombre de concurrents et affronter devant elle les seigneurs de Camargue : les meilleurs cocardiers qui, de mémoire d'aficiouna étaient à la hauteur de la plus extraordinaire des Cocardes d'or.

Romain de la manade Saumade sort premier.
Il a suffisamment de métier pour contenir l'assaut désordonné des raseteurs en début de compétition.
Vient ensuite Figarès de Pouget-Mireval. Un costaud qui sait se faire respecter.
En troisième, Gandar de Blatière, combatif à souhait et capable de finitions, devrait tirer son épingle du jeu avant l'entracte.
Il n'a qu'une corne ce géant – je n'ai jamais connu un taureau aussi grand - et il sait s'en servir.
Je frissonne quand je pense à ce colosse mais je me sens bien quand je pose ma main sur son frontal.
Un peu mystique ce rapport que nous entretenons avec les *biou* partenaires de la faucheuse...

C'est Barraié de Lafont qui ouvre la seconde partie.
Je le crains.
D'une intelligence redoutable, il ne fait que ce dont il a envie, toujours dans le terrain qu'il a choisi.
Quand il déclenche l'attaque, tu peux être sûr que l'arrivée aux barrières va être serrée. Puis il a cette façon de se dégager si particulière, d'une grande fierté avec la tête haute, en traversant la piste pour nous amener où il souhaite.
Je le crains mais je l'aime.

Le cinquième, c'est Ratis de Raynaud.
Une belle brute.
Quand tu es dans son berceau, il ne freine pas.
Pas le temps de chercher ton pied quand tu approches de *l'estribo*. Ça passe ou ça casse ! Ratis te démonte si tu ralentis.

Goya de Laurent vient en sixième position.
Les jeux seront presque faits à ce stade du combat.
Goya, totalement imprévisible. Il sème un peu la panique, saute en contre-piste, revient dans l'arène sans prévenir, bouge tout le temps. Si on ne s'entend pas entre nous, c'est difficile de l'affronter.
Et là, à la Cocarde d'Or, c'est plutôt chacun pour soi.

Après... Des affinités peuvent s'opérer à certains moments de la course selon le classement de l'un ou l'autre des vainqueurs potentiels. On verra.

En dernier et pour nous départager en cas d'ex-æquo, Caldérone de la manade des Tourrades entrera en piste.
Les Tourrades, c'est un peu comme mon monde à moi, j'y vais depuis toujours. Caldérone ne peut pas me faire de misères.
J'arrive même à lui toucher les cornes quand on lui donne du grain à la *gamatte*. Sur la piste d'Arles, je *l'embrasserai* et nous gagnerons ensemble.

Son arme la plus redoutable c'est le coup de tête qu'il envoie sur les gauchers avec sa corne droite, quand on l'embrasse justement.

Quasiment à chacune de ses sorties, il égratigne un raseteur.

Heureusement, il n'a pas la méchanceté que d'autres cocardiers possèdent pour s'engrainer quand tu es touché. Comme un escrimeur discipliné qui place efficacement son fleuret, il envoie son coup de corne et achève au galop sa trajectoire, avant de se replacer.

Régis Galoubier était passé près des vestiaires. Cela n'était pas dans les habitudes des gardians de venir là, avant la course.
Il vint me parler :
« Petit, fais gaffe à Caldérone !
Je l'ai encocardé bien serré, ça va tenir. Y'a 2000 Francs pour le *baile* du meilleur taureau de la course. La prime serait pour moi, Danglar me l'a dit.
Il faudrait qu'il garde ses ficelles, ce serait de bonne augure pour avoir le prix.
Tu m'entends : fais y gaffe ! »
Mais je n'entendais pas vraiment.
La question du prix pour le meilleur taureau de la course n'entrait pas en considération dans ma compétition.

17h00.
Le président de course nous appelle à la *capelado*.
Je ne sais pas combien nous sommes, une quarantaine il me semble.
Le corridor sous les voûtes des gradins conduit vers l'entrée de la piste. Nous avançons doucement sans organisation prédéfinie.

Sans que cela ne soit édicté par un protocole particulier, il est admis que les « vedettes » choisissent leur place dans la capelado.

Quand le couplet dédié de Carmen retentit, on interrompt les derniers gestes d'échauffement pour jaillir sur la piste en un défilé structuré, qui perdra toute sa discipline dès que le premier taureau aura pénétré dans l'arène.

Je patiente pour être le dernier du rang de gauche. Mon concurrent principal, Victor Pouget est entré en premier à la tête de la ligne de droite.
Il est chez lui, l'Arlésien.

Nos postures respectives signalent au public la dimension de notre opposition.
Sans sur-jouer la défiance, l'expression de cette adversité qui nous habite contribue à l'intérêt de la compétition.

Mon tour est venu de pénétrer dans le *ruedo.*
D'un coup, la musique et les applaudissements m'attirent comme un chant de sirènes.
Je fais quelques pas les yeux fermés jusqu'à ce que le soleil soulève en un éclat mes paupières. Pas de signe de croix, ni autres simagrées. Je suis protestant.

À cet instant, à Arles comme ailleurs, une douce sensation d'être recouvert de lumière me revient habituellement.
J'ai une pensée pour ces toreros, raseteurs qui chaque fois, à ce moment précis, ont pu ressentir l'hypothèque de leur vie.

Depuis ce laps de temps et d'ici deux heures environ, nous risquions d'être morts.
Si le rire est le propre de l'homme, la mise en demeure volontaire de sa vie l'est pareillement.
Aucun autre animal n'est capable d'une telle folie.

À proximité de la Présidence, au bout du défilé que chaque raseteur devait effectuer, mon amour était là, « ma Reine », chevauchant en amazone le cheval conduit par son père le manadier Mireval.

Depuis bientôt un an, je fréquentais Pauline Mireval, Reine d'Arles.
Mais ce n'est pas pour son règne que je l'aimais. Oui c'était pour sa majesté mais pas celle de sa couronne...

Elle était tout pour moi.
Notre relation était compliquée, non pas au regard de nos sentiments mutuels – une passion brûlante nous unissait – mais plutôt en rapport avec nos différentes conditions sociales difficiles à rendre compatibles.
Notre liaison était restée dissimulée, connue exclusivement par quelques amis parmi les plus proches, auprès desquels notre totale confiance était acquise.

J'étais languedocien, Pauline, provençale.
Moi protestant, pas vraiment pieux, elle catholique parmi ceux pour qui la religion était un sujet majeur.
Mes parents étaient des employés, sans dette envers qui que ce soit, vivant convenablement selon leurs moyens mais ne possédant aucune terre.

La famille Mireval, c'était une propriété de près de 1000 hectares en Camargue, avec son cheptel et tout un panel d'activités économiques.

Pauline n'avait informé personne chez elle de notre relation. Elle craignait que cela conduise à notre rupture forcée par ses parents.

Nous vivions notre histoire de façon clandestine.
Notre passion en était d'autant plus exacerbée, à devoir braver des interdits, mais cela ne pouvait pas durer.
J'étais persuadé que ma notoriété de raseteur, l'argent que je gagnais en piste - de belles sommes - pouvaient convaincre les Mireval de laisser le choix à leur fille d'aimer quelqu'un qui ne soit pas issu de son milieu social.

Il me fallait gagner cette Cocarde d'Or et persuader Pauline de parler de nous à sa famille.
J'étais prêt à tout. Prêt à abattre chaque obstacle afin de remporter la bataille.
Prêt à gagner l'amour de ma vie. Prêt à donner ma vie par amour ».

Gémini

Un peu plus d'un mois après la Cocarde d'Or et sa tragique issue, Caldérone était programmé à Vauvert.
C'était la grande course de la fête votive, un événement important attendu par les *afecionna*.

Au petit matin, les gardians de la manade des Tourrades s'étaient retrouvés pour seller leur cheval dans la cour du mas.
La veille, comme chaque soir avant une course, Galoubier avait rassemblé les Camargue pour les enfermer dans le bouvaù. Il les faisait venir de loin, du fond de la palus là-bas, au bord du canal, en agitant son *saquetoun* garni d'avoine et en sifflant quelques notes, une mélodie immuable qu'il maîtrisait parfaitement et qui faisait réagir les canassons à l'instar des chiens de Pavlov.
Ainsi les chevaux étaient près du mas, d'emblée disponibles pour leur gardian dès l'aube. Il y avait

Pascalet, la monture du vigneron Elian Isnard, Gémini, celle de Jérome Roux, employé à l'usine Perrier, Athos, de Léopold Foulquier Pharmacien à Nîmes, et Bacchus, le cheval du manadier.

Le tri se ferait à quatre cavaliers, au pas, sans bousculer la manade.

Jean Danglar le répétait à chaque occasion quand des discussions sur la façon de conduire le troupeau titillaient ses oreilles :
« Si tu épuises tes bioù à trop les faire courir en les triant, comment veux-tu qu'ils tiennent le quart d'heure pour la course de l'après-midi ?
Chez moi on va au pas. À la voix, on fait sortir Moïse, mon simbeù, rien qu'en l'appelant, et chaque bête prévue pour la course ne doit pas être bousculée. Si un de mes gardians fait le con, le dimanche suivant il ira, si ça lui chante, accompagner les promenades à touristes sur la plage des Saintes ou de l'Espiguette. Mais il n'aura pas intérêt à débarquer aux Tourrades ! »

Voilà qui était dit : ici on traitait les cocardiers comme des seigneurs.
Il n'y avait rien de plus précieux que ces bêtes à cornes. Les gardians qui venaient monter là devaient être imprégnés d'un état d'esprit propice, un peu comme des dévots complètement acquis aux commandements de la manade
Au moment de l'harnachement quelques paroles étaient échangées. Jérôme, arrivé le premier, était déjà

sur Gémini à le faire trotter pour le mettre en jambes. Léopold et Elian tout en réglant les sangles parlaient des digues du Vistre et des *escrachadou* qui posaient des problèmes quand la rivière était en crue. Ils évoquaient aussi la saison de chasse et les battues aux macreuses. Ils devaient s'y retrouver l'hiver venu sur l'étang du Scamandre où ils étaient tous deux actionnaires dans un domaine privé. Tout allait dépendre de la gratte qui, si elle était abondante, assurerait le rassemblement de milliers de foulques sur le plan d'eau.
Sans polémique, ils parvenaient à avoir des discussions sur bien des sujets. Cette séquence où il fallait préparer sa monture était un temps privilégié au cours duquel les gardians s'employaient à murmurer à l'oreille de leur cheval plutôt qu'à se fendre en galéjades.
Globalement, le temps qu'ils passaient à la manade était empreint de concorde et de convivialité. Les boutades n'étaient pas proscrites. Les débats étaient souvent copieux mais pas lors des préparatifs. Les langues se déliaient au cours des cavalcades et inexorablement au moment des déjeuners qui suivaient les *acampades*.
Tout cela se déroulait dans une humeur sereine.

Chaque dimanche était une sorte de pélerinage en terre de dévotion exclusive à la gloire des biòu. Le pélot, Jean Danglar, entretenait cet état d'esprit. Il recrutait ses gardians sur leur réputation, sur leur aptitude à se régaler dans les tâches à accomplir et sur la discrétion qu'ils savaient adjoindre à ce plaisir pour ne pas l'exprimer trop. Danglar transpirait cette éducation protestante, austérité atavique plus ou moins ostentatoire selon son humeur, qu'il exerçait à chaque occasion avec ses coreligionnaires sur les bancs du temple de Vauvert.

Galoubier était là également. C'est lui qui sellait Bacchus. Danglar n'exigeait rien de la sorte vis-à-vis de son gardian. En réalité, Régis Galoubier se faisait un honneur de préparer le cheval du manadier. Il se voyait comme l'auxiliaire notable du patron du domaine. Toutes tâches de confiance qui pouvaient lui être confiées étaient accomplies avec un total dévouement.
Les montures étaient prêtes. Les trois gardians et le pélot chevauchaient tranquillement pour aller acamper les bioù.

Ce matin-là, ils n'allaient pas rassembler toute la manade. Ils se rendaient dans le clos des cocardiers où demeurait une vingtaine de taureaux sélectionnés pour les courses de la temporade, ceux qui avaient déjà fait leurs preuves la saison précédente mélangés aux vedettes confirmées. Il y avait là des taureaux de 5 à 7 ans nés entre 1974 et 1976, marqués 4, 5 et 6, et les stars de la manade, Caldérone âgé de 10 ans avec ses demi-frères, Actarus, Plégadis, Launen, Galissian, fils de différentes vaches parmi les meilleures cocardières qui avaient convolé en éphémères noces avec le taù Adonis, illustre étalon de la manade des Tourrades.

Les bêtes étaient contenues dans un enclos d'une dizaine d'hectares. L'herbe y était grasse, favorisée par les épais dépôts de limons qui recouvraient par endroits une nappe d'eau douce. Le delta du Rhône complété par les

méandres du Vistre et du Vidourle avait distribué les paysages au gré de ses pérégrinations.
Prairies, enganes, montilles, bosquets et marais en étaient les témoins. Et leurs habitants, faune et flore, étaient les progénitures de ces espaces camarguais.

Dans ce contexte, les cocardiers des Tourrades disposaient pour pâturer des meilleurs prés dont aurait pu rêver toutes les manades.

Danglar, Roux, Foulquier et Isnard allaient sur leur monture au devant des biòu. Ils devaient chevaucher une vingtaine de minutes pour rejoindre l'enclos et traverser *la baisse des sarcelles*, légère dépression marécageuse réputée auprès des chasseurs pour la « passée » du soir.
Les canards venaient au crépuscule y barboter, se gaver de graines et de petites bestioles aquatiques.

Un des gardians de la manade, aussi chasseur, aurait péri au milieu de cette zone humide qui, avec ses quelques centimètres d'eau et de *gatille*, semblait pourtant inoffensive.

Il y avait dit-on au centre du marigot, un loron, sorte de résurgence de la nappe phréatique. Ce phénomène rendait le sol extrêmement bourbeux, instable, aux allures de sables mouvants. Le sauvaginier aurait été englouti là, happé par ces abysses mystérieux.
D'après l'histoire, il y aurait cherché des paillettes d'or et croyant pouvoir en remplir sa gibecière, il y sombra comme avalé par la boue.

Les chevaux savaient naturellement éviter le loron.
Cette petite promenade équestre, interlude avant les débats avec les taureaux, était souvent un moment de partage philosophique. De la philosophie de *gen di biòu* revendiquée par cette équipe de gardians, « sans prétention mais avec des convictions », disaient-ils.

Là, les tours de parole venaient comme sous un arbre à palabre. À l'un ou à l'autre au fil des matinées qui se succédaient aux Tourrades.

Ce matin là, il parlèrent du MLF et de la volonté de quelques militantes de monter une sorte de parti politique.

« Vous verrez, elles vont finir par se crêper le chignon, dit Isnard. »
« Ne soit pas misogyne, rétorqua Danglar.
On est en plein progrès. On approche à grands pas de l'an 2000, tu crois que d'ici quelques années, la question de l'égalité hommes-femmes se posera encore ? On évolue, c'est tant mieux ! »
« Au MLF, elles n'ont qu'à recruter Fanfonne dans leurs rangs », dit Roux sur le ton de la galéjade.

Le bruit du clapotis sous les sabots fit réagir les taureaux que l'on commençait à apercevoir en bordure d'une haie de tamaris.
Tous couchés jusqu'alors, ils se relevaient un à un.

On aurait dit qu'ils sortaient de terre, extraordinaires

sentinelles capables de se positionner instantanément en alerte au moindre bruit.
Et quand le son d'une cloche retentit, on comprit que Moïse le simbeù, s'était lui aussi mis debout à scruter les mouvements des cavaliers qui approchaient.

Toutes les cornes étaient bientôt dressées, rangées comme les pilums d'une cohorte de gladiateurs prêts pour le combat.

Arrivé à une vingtaine de mètres des bêtes, le petit groupe de gardians stoppa.

Danglar commença à distribuer les rôles.

« Elian, on te laisse sortir Moïse. Pousse-le jusqu'à l'entrée de l'aile et reste là-bas pour le bloquer, au cas où il aurait la lubie de vouloir revenir. »

Le clos des cocardiers avait une forme rectangulaire et débouchait dans un angle sur l'aile d'embarquement, sorte de couloir en entonnoir qui faisait la liaison entre le pré et le toril du bouvaù.

Tranquillement, Elian régla le collimateur de Pascalet sur le simbeù, cible prioritaire à isoler du reste du troupeau.
Avec un cheval parfaitement aguerri pour ce type de manœuvre et le simbeù justement sélectionné pour sa docilité, la tâche s'accomplissait en général sans encombre.
Et ce fut le cas.

« Vé Moïse, vé, vé, vé... » criait Elian pour attirer l'attention du taureau qui hochant la tête, arborait fièrement sa cloche.

Tandis que la vingtaine de *biòu* commençait à s'enrouler comme une vague d'étourneaux, Moïse fit quant à lui face au cavalier quelques instants.
Habilement, le gardian s'était intercalé entre le simbeù et les cocardiers.
À un moment précis, il fit pivoter Pascalet un coup à gauche un coup à droite tout en gardant bien ses appuis sur les pattes arrières. Ce fut comme un signal pour Moïse qui fit volteface pour partir dans la direction opposée, celle-là même où le gardian voulait qu'il allât.

Au petit galop, Elian accompagna le simbeù jusqu'à l'entrée de l'aile où il resterait pour attendre la venue du cocardier que ses collègues allaient trier.

Pour isoler Caldérone du reste du groupe, la partie s'avérait davantage délicate. Le taureau savait déjouer les feintes des cavaliers qui devaient faire preuve de prouesses équestres pour dompter l'animal. Il fallait dans un premier temps bien resserrer le petit troupeau. Les quatre cavaliers intelligemment disposés poussèrent les bêtes vers un angle de l'enclos en bordure du *levadon*.

Quand la manade fut placée dans le terrain choisi, après quelques secondes où les gardians scrutèrent les taureaux sans bouger, Jean Danglar guida son cheval vers la partie du troupeau où se trouvait Caldérone.

Roux et Foulquier, sur le qui-vive, dirigeraient leur monture en fonction des réactions des cornus.
Il fallait maintenant à la fois diviser le cheptel tout en veillant à ne pas le faire éclater façon Bérézina.

Avec malice, le cocardier ne quittait pas l'intérieur de son clan. Les gardians allaient devoir déployer toute leur habileté. Après quelques manœuvres, Danglar et Roux parvinrent à écarter Galissian, Launen et Caldérone enserré entre les deux.

Roux passa derrière le trio et le manadier s'avança face aux trois bêtes maintenant acculées. À un moment précis, après quelques soubresauts et hochements du frontal, elles se séparèrent énergiquement.

Les deux cavaliers s'élancèrent aussitôt sur Caldérone pour le prendre en étau et le conduire jusqu' à l'aile où il allait retrouver Moïse et son gardian, tandis que les deux autres taureaux *s'amaillaient* à nouveau. Foulquier quant à lui, veillait à contenir l'ensemble des bêtes dans la zone du tri. Placé à une juste distance pour surveiller et anticiper la réaction des taureaux, il pouvait, en s'interposant avec Athos, réprouver toutes les velléités d'échappatoire qui aurait pu tenter les biòu.
La star Caldérone était maintenant enfermée dans le char avec Moïse, le simbeù.
Galoubier se chargerait de l'encocarder.
Les trois gardians et le pélot se retrouvèrent contre la laupio pour desseller leur canasson.

Alors que Roux attachait le seden de Gémini à sa place habituelle, il remarqua un filet de sang et une estafilade au devant de la cuisse gauche de son cheval. L'animal semblait avoir du mal à s'appuyer sur ce côté. Jérôme conclut que le cocardier avait probablement *testéjé* au moment de sa *coursejade* après le tri. Le cheval, à ce moment-là, aurait été blessé, écorché par la corne du taureau.
Jean Danglar alla chercher un flacon de bleu de méthylène et une petite poire à pression.
« On va bien asperger l'entaille, ça n'a pas l'air très profond » dit Jérôme alors qu'il écartait les deux bords de la plaie afin que la lotion pénètre au plus près de la chair.

À proximité, du haut du char où étaient enfermés le cocardier et le simbeù, Galoubier observait la scène.

- « Qu'est-ce qu'il arrive ? » demanda le gardian, d'un air soucieux.
- « C'est Gémini, dit, Jérôme, il s'est fait cravater par Caldérone, il a une belle estafilade et il boite... On lui a mis une dose de méthylène. Je vais le *bandir* dans le pré... faudra surveiller la cicatrisation...»

Galoubier semblait inquiet par le sort du cheval. Comme perturbé par la situation, il regarda tout autour de lui, prit une fiole dans sa poche et versa une dose du liquide qu'elle contenait dans son mouchoir. Il s'allongea sur les madriers et se mit, en les empoignant autant que possible, à frotter la pointe des cornes du cocardier comme pour les lustrer.

Il déchira le bas de sa chemise pour récupérer un carré de tissu et renouveler l'opération afin qu'elle fût la plus efficace possible, en s'appliquant tout particulièrement à essuyer la corne droite qui brillait déjà comme de l'ébène poli.
La *bane* noire se parait de reflets bleus dès qu'elle traversait un rayon de lumière.

Ensuite il entreprit l'encocardement.

Les biòu étaient dans le char prêts à rejoindre les arènes. Les gardians et le pélot allèrent partager le déjeuner.

Une heure plus tard les gars se séparèrent, chacun avec un rôle à accomplir.
Roux et Galoubier conduiraient le char pour débarquer Caldérone et le simbeù dans le toril. Danglar et Foulquier étaient attendus au restaurant par les représentants du comité des fêtes et retrouveraient leurs compagnons pour le concours de manades, là où les gardians de chaque élevage étaient placés pour suivre la course.
Isnard ne pouvait pas, quant à lui, se joindre à ses amis pour la suite de la journée.
Il lui fallait préparer du matériel en vue du début imminent des vendanges.

Alors qu'ils s'échangeaient les derniers mots de la matinée, l'un d'entre eux aperçut avec stupeur un cheval au sol, là-bas au milieu du pré. Les quatre hommes s'empressèrent d'aller voir la bête.
Gémini, le ventre maculé d'un bleu de méthylène qui

semblait transpirer de la peau entamée, était raide inanimé.

La nouvelle de la mort du cheval dans des conditions aussi étranges se répandit en Camargue.
La situation, comparable à celle qui avait conduit au décès du raseteur Capestan motiva l'ouverture d'une enquête.

Les inspecteurs commencèrent à focaliser sur la manade des Tourrades, sur son entourage et sur ces coïncidences meurtrières.

Les cornes de Caldérone avaient été capables, en infligeant une blessure bénigne, de tuer un homme puis un cheval.

Le parquet de Nîmes ordonna l'exhumation du corps de Capestan pour pratiquer une autopsie.
L'opération avait aussi été pratiquée sur le cadavre du cheval.

Les analyses révélèrent des doses très concentrées de protéases et de peptides, substances contenues notamment dans le venin des guêpes.
Les enquêteurs allaient devoir remonter la piste de la toxine.

Environ six mois plus tard, le jour du procès de Galoubier, Joséphine Valette, demoiselle d'honneur de la Reine d'Arles, était présente.

À l'ouverture des débats, alors que le juge énonçait aux jurés les termes de l'affaire, elle prit inopinément la parole en s'adressant au prétoire qu'elle balaya du regard : « arrêtez ... cet homme n'est pas coupable ! écoutez-moi s'il vous plaît... »

Lionel

Lionel Capestan fréquentait la manade des Tourrades. Tout jeune il venait déjà y jouer avec les autres enfants de Gallician comme d'autres en ville allaient au square ou sur une place de jeux de ballon.
Là, les cachettes ne manquaient pas que ce soit en pleine nature dans les bosquets de tamaris ou dans les paillères où la tribu de gamins grimpait sans y être autorisés. Ils y fabriquaient des igloos en ballots de paille ou de luzerne sans songer à tout remettre en place une fois leurs amusements terminés.
Cela avait pour effet d'agacer Galoubier qui s'était évertué à, précisément, tout bien empiler pour optimiser la place disponible. Et le gardian ne manquait pas d'houspiller le premier d'entre eux qu'il croisait à l'occasion, même sans preuve officielle sur les auteurs des méfaits.
Mais tout cela n'avait rien de bien méchant et Régis avait même fini par s'accommoder des facéties des enfants, pour un temps sympathiques garnements, avant de devenir un jour peut-être de véritables auxiliaires de la manade.

Vers 14 ans, Lionel était passé du statut de tracassier à celui de *gardianou*. Il participait officiellement aux activités de la manade, admis par les cadres qui lui accordaient des tâches à accomplir ou qui toléraient naturellement sa présence en ces lieux saints. Il était autorisé à y venir chasser ou pêcher sans avoir à demander leur assentiment. Et son amitié naissante avec Régis Galoubier allait contribuer à faire de lui un chasseur de gibier d'eau hors pair, nourri par l'expérience de l'apiculteur.

Le jour où Régis l'invita à découvrir sa volière fut inoubliable.

Lionel fut d'emblée impressionné par la variété d'oiseaux présents. Toutes sortes d'espèces étaient là, sarcelles, pilets, chipeaux, siffleurs...
Galoubier s'en servait à la chasse, pour attirer les canards sauvages.

Le jeune homme, déjà passionné par l'art des sauvaginiers, ne manqua pas de signifier à Régis combien il serait honoré de pratiquer à ses côtés.

« Tu sais Régis, lui dit Lionel, si tu veux bien qu'un matin je vienne *à la passée* avec toi, ça me ferait plaisir. Je n'ai jamais chassé avec des appelants comme les tiens. J'aimerais voir ce que cela donne avec tout ça.»

« Pourquoi pas... Si tu veux, lui répondit Galoubier, on pourra faire ensemble l'ouverture...

Faudra pas que tu restes trop la veille à la fête de Franquevaux. Sinon tu seras pas en bourre !
Là, y aura pas besoin d'appelants. À chasser, y a que les halbrans, les jeunes colverts volants qui sortent de *la marais.* On peut aussi faire quelques *macreuses.*
Et pour que tu vois la *calée* avec mes *vivants* on y retournera plus tard, à la migration. Tu verras comment ça marche... »

J'imaginais bien la scène entre le vieux gardian et son jeune disciple.
Au fil de mes recherches, j'avais l'impression d'ouvrir un album de famille, de le feuilleter et d'en interpréter les images.

Je voyais naître une amitié et découvrais un jeune homme et son entourage passionnés par un bout de terre où les codes de vie semblaient ceux d'un continent singulier.

« Et cette *fouque* bleue, c'est quoi ? Je n'en ai jamais vue... commenta-t-il.
Ça, c'est la poule sultane. Y'en n'a pas beaucoup, répondit Régis.

Un jour je te raconterai l'histoire d'un de nos gardians qui était aussi chasseur.

Il en avait ramené une et avait *espanté* tout le monde avec cet oiseau que personne n'avait encore jamais vu...
Et après, ça lui avait tourné la tête, il ne pensait plus qu'à cette bestiole.

Un matin, il est parti à la chasse et on ne l'a plus jamais revu...»

Ce qui étonna le plus l'adolescent fut la découverte des guêpiers, extraordinaires passereaux que Régis avait su apprivoiser grâce aux conseils d'un spécialiste de l'ornithologie qu'il avait rencontré à l'occasion d'une réunion des administrateurs du Parc de Camargue.
La manade des Tourrades était souvent invitée à Arles pour débattre avec toutes les parties concernées du sort des propriétés que l'Etat avait acquises. L'inquiétude planait sur les espaces de pâture et d'hivernage dont disposaient jusqu'alors les manades. Autant d'hectares qui, selon les orientations de gestion envisagées, risquaient de ne plus être disponibles pour les *biòu*.

« Comment fais-tu pour les nourrir, demanda le jeune homme, ils ne mangent que des insectes non ? Ça doit être compliqué. »

« En ce moment, ils se gavent de guêpes ou de libellules. Je vais te faire voir.
Et en hiver je leur donne des vers de farine, des cloportes, des scorpions et des belles cigales que j'attrape l'été et que je conserve dans une mélasse de miel... enfin, toutes sortes de bestioles que j'arrive à garder là, dans les *banastes*, répondit Régis en montrant son attirail, paniers, vielles lessiveuses, *toupins* en cuivre qui jonchaient les façades de la cabane. C'est le Suisse du Sambuc qui m'a appris comment faire. En oiseaux, il est vraiment fort cet homme. »

Ce que vit Lionel fut extraordinaire, digne d'un conte de Grimm.

Adossé au grillage, à proximité de la porte d'entrée de la volière, il vit l'apiculteur contourner l'installation pour passer complètement à l'arrière, de l'autre côté, où était enchevêtré un monticule de tôles, de tubes de fer et de toutes sortes d'objets métalliques.

Galoubier sembla prendre des repères, en regardant autour de lui.
Et là, avant de s'éloigner promptement, il tamponna d'un coup de pied les vestiges d'un sommier à ressort qui firent vibrer tout le système.
On entendit s'élever un bourdonnement sourd de plus en plus bruyant.
De la ferraille rouillée, jaillit une nuée de guêpes.

À ce moment là, la volière pris des allures de féerie. La dizaine de guêpiers se mit à tournailler aux trousses des insectes. Dès qu'ils en attrapaient un, ils se posaient sur le perchoir, tapaient leur proie sur le bois entre leurs pattes, et l'avalaient d'un coup après quelques hochements de bec. Ils repartaient aussitôt à la poursuite d'une nouvelle pitance dans un ballet de couleurs qui émerveilla le jeune homme.
La scène dura quelques minutes et resta gravée dans la mémoire de l'adolescent.

« Tu vois petit, c'est aussi grâce à ça que j'ai des combines à la chasse.

Viens avec moi… dit Galoubier. »
Ils entrèrent tous les deux dans la volière pour approcher de la branche horizontale où s'était rassemblée la dizaine d'oiseaux.
Au sol, à l'aplomb du perchoir, il y avait une sorte de gouttière jonchée de morceaux de guêpes. Des restes de repas abandonnés.

Régis sortit une petite boite de sa poche et récolta les fragments d'insectes qu'il observait méticuleusement avant de les placer dans le récipient.

« Je prends les abdomens en faisant attention au dard, expliqua Galoubier. Le guêpier tape la guêpe pour la tuer. Il la frappe sur la branche entre ses pattes. Souvent elle se coupe en deux. Ça me permet d'en récupérer un bout. Et là, y a le venin, fit Régis l'ongle pointé pour montrer le minuscule dard qui bougeait encore.
À la longue, j'arrive à en extraire pas mal. C'est avec ça que je trafique mes flèches… »

Régis entraîna le jeune homme dans la cabane et lui fit découvrir son atelier. Derrière un rideau en toile de jute qui séparait cet espace du reste de l'habitation, l'apiculteur avait installé son matériel d'apothicaire pour concocter les potions dont il avait le secret.
Pas de faïences bien-sûr, il y avait en guise de paillasses trois ou quatre barriques qui supportaient un plan de travail constitué de madriers joints. Sur les planches, tout un tas d'objets étaient éparpillés, des louches de différentes tailles, un mortier en granit et son pilon, des

bocaux en verre gradués au pinceau et leur couvercle en guise de boites à pétri.

Sur la cloison, au dessus du plan de travail, des caisses en bois faisaient office d'étagères pour stocker les ingrédients que Galoubier avaient appris à mixer pour en faire des élixirs, chacun avec leurs effets.

« Tu vois, c'est là que je garde les culs de guêpes, » dit Galoubier en ôtant de l'étagère une sorte de pot de lait muni d'une anse.
Il le posa sur l'établi, ouvrit le couvercle et y déposa la récolte qu'il venait de récupérer dans la volière.

« Regarde, fit-il à Lionel, en lui montrant la bouche du récipient qu'il secoua doucement pour en faire bruisser le contenu.
C'est la base de mon huile à flèche ! ajouta-t-il sur un ton conquérant.»

L'huile à flèche, c'est ainsi que Galoubier dénommait la mixture dont il enduisait ses projectiles.

À l'arc ou à l'arbalète, il chassait les sangliers à l'affût en les tirant sur leur passage. Il les attendait généralement de nuit, en période de pleine lune, à proximité des coulées, les *carrau*, laissées par les bêtes qu'il savait facilement repérer.

Il prit une fiole et la porta à hauteur des yeux de son invité subjugué par ces instants.

« Avec ça, expliqua Galoubier, il suffit que ta flèche écorche le cochon... Tu suis sa trace et en général il faut moins de cent mètres pour que tu retrouves ton gibier... c'est radical. »

Et tu peux le manger quand même, demanda Lionel ?

Oui, il n'y a pas de souci. Le produit ne touche que les méninges...Tu fais une bonne saignée de ta bête et tu ne manges pas la cervelle. Pour le reste...la viande est impeccable. »

Puis Galoubier fit l'inventaire des autres ingrédients qui entraient dans sa recette.
« Là, ce sont des baies de morelle, la douce amère, dit-il en continuant à répertorier ses bocaux qu'il montrait un par un. Et ça c'est de la clématite... »

Le courant passait entre le druide et son disciple.
Le jeune Capestan, venait quasiment d'obtenir le secret de la potion magique.

Une potion qui, efficace dans la panoplie d'un chasseur, pouvait par ailleurs s'avérer bien maléfique.

Luna

Je suis journaliste stagiaire à La Marseillaise.
Avec le Bac en poche à 17 ans puis deux années de Lettres modernes à l'Université de Provence, j'ai réussi le concours d'entrée à l'EJT.
C'est une aubaine d'être ici dans la ville de mon enfance. Mes parents me soutiennent et j'apprends un boulot qui me plait.
Cette envie de communiquer, j'ai l'impression de l'avoir toujours eue.
Ouvrir des fenêtres sur l'information, enlever dans le paysage ce qui parasite les faits à connaître, inciter à prendre part aux débats... autant de lieux communs inhérents à la profession, que j'assume pour qualifier mon futur travail.
La question de l'objectivité demeure toutefois. Peut-on réellement porter à connaissance sans intégrer une part de son jugement ?

En tous cas, l'envie de prospecter, d'enquêter, guidait mon parcours professionnel.
Et l'actualité m'amena en Camargue, à côtoyer un univers que je ne connaissais pas.
Depuis, si la stabilité de ma vie n'a pas été bouleversée, la question de mon existence et de mes origines est devenue un véritable sujet.

La rédaction m'avait confié un reportage sur l'anniversaire du premier Parc Naturel Régional de France, celui de Camargue qui fêtait ses trente ans. J'avais tout un dossier à produire pour une page hebdomadaire à paraître durant l'été.
C'était un bon exercice.

Pour cela, j'allais rencontrer les pionniers du projet, les politiques et les personnalités du territoire qui avaient rassemblé leurs forces pour aboutir à cette réalisation.
De nombreuses manifestations étaient prévues pour marquer l'événement, depuis Arles jusqu'aux Salins-de-Giraud en passant par les Saintes-Maries-de-la-Mer.

Parmi les témoins incontournables, il y avait la ganaderia des Jasses-de-Gageron, près d'Arles.

L'élevage était la propriété de deux personnages associés, aux origines très différentes. Jacques Pouget, disciple en quelque sorte du Marquis de Baroncelli et fin connaisseur des rudiments de l'élevage extensif, technicien hors pair en négociation et grand visionnaire quant aux voies à tracer pour aller de l'avant.
Il avait croisé la route d'un riche industriel marseillais : François Mireval, passionné des grands espaces camarguais, prêt à investir des fonds sur ce territoire qui lui tenait à cœur.
Ensemble, ils avaient créé une ganaderia de renom ainsi qu'une manade peut-être tout autant célèbre, selon que l'on se place côté *mundillo* ou bien dans le giron des *gen di biòu.*

La ganaderia « des Jasses de Gageron » et la manade « des Badons » étaient constituées de deux cent cinquante têtes d'origine espagnole et de près de trois cent de race Camargue sur environ mille hectares, entre Rhône et Vaccarès, menées avec brio par le duo Pouget-Mireval.

J'avais pour mon premier rendez-vous pris contact avec Victor Pouget, le fils de Jacques. C'est lui qui dorénavant gérait le cheptel ainsi que le marais.

Le marais des Badons en Camargue, c'était un peu comme les Jardins du Louvre à Paris ou le Trocadéro niveau réputation, mais en moins touristique.

Des actionnaires y louaient le droit de chasse.
Des Hommes d'affaires, des gens du barreau, et des personnalités politiques locales ou du plus haut sommet de l'Etat invités par les *pélots* venaient y tirer les canards ou les sangliers.
Des réceptions précédaient ou s'en suivaient dans cet environnement authentique et raffiné : une immense maison de gardian à la charpente impressionnante qui laissait apparaître en plafond la couverture de sagne.
Des cloisons blanches enduites à la chaux sur lesquelles étaient accrochés des œuvres d'artistes de renom, peintres ou photographes arlésiens.
Un pan de mur aménagé avec des étagères pour exposer la collection de trophées gagnés au fil des ans par la manade des Badons et, sur la face opposée, un patchwork d'affiches et de photographies encadrées illustraient les temps forts de la manade.

Ces réceptions étaient soignées par les propriétaires qui jouaient là leur carte de lobbystes, veillant à ce que leurs hôtes de pouvoir portent au territoire autant d'intérêt que possible.
Sans que cela en soit la raison première, ces liens avaient contribué à la désignation du triangle camarguais comme le « premier parc naturel régional » du pays.

C'est du moins ce qui ressortit de ma discussion avec Pouget lors de notre rencontre initiale.

Victor Pouget avait été raseteur. Il avait connu ses heures de gloires au début des années 80.
Fils du manadier associé à Mireval, il s'adonnait aussi à la tauromachie espagnole, en travaillant à la muleta les vaches de la ganaderia à l'occasion des *tientas*.
Il se débrouillait bien. Il n'était pas exclu qu'il franchisse le pas pour revêtir l'habit de lumière.
Un raseteur à la fois *maestro*, cela aurait été une première dans l'histoire de la tauromachie.

C'est dire combien il l'avait chevillée au corps, cette passion du défi face aux fauves cornus !

Son palmarès était éloquent : trois fois vainqueur du trophée des As, quatre Palmes d'Or, deux trophées Pescalune et en 1980 la Cocarde d'Or, « la plus prestigieuse des courses camarguaises » comme titraient les tabloïdes du moment.
En 1981, il obtint la deuxième place.

Son nom était d'ailleurs particulièrement associé à la compétition arlésienne entachée par un étrange drame survenu lors de cette édition.
La victoire de son principal rival et les honneurs inhérents ne purent être que posthumes.

Le Languedocien Lionel Capestan, légèrement blessé par un taureau lors de la course, avait pourtant perdu la vie des suites d'un coup de corne à priori bénin.
Des raseteurs tués dans l'arène, il y en avait déjà eus mais là, les circonstances du décès et les péripéties qui s'en suivirent, jetèrent un trouble sur son origine accidentelle.

Une suspicion d'homicide avait même conduit le parquet de Nîmes à diligenter une enquête.
Dans le collimateur des enquêteurs étaient apparus plusieurs noms.
Celui de mon hôte du jour, Victor Pouget, le rival absolu, le frère ennemi rencontré chaque dimanche sur le sable des arènes.
On avait également cité Régis Galoubier, très impliqué dans le milieu taurin, sorte de sorcier potentiellement empoisonneur.

D'autres gardians de la manade des Tourrades, dans l'entourage de Jean Danglar, auraient pu, par convoitise se transformer en assassins.

Enfin, avec à leur tête Gautier Rapuçon, les membres du collectif « Une épée pour Minos » militants contre toutes les formes de tauromachies, avaient été reconnus suffisamment intégristes, à même de perpétrer des folies meurtrières pour faire entendre leur fanatisme.

Tout en découvrant aux côtés de Victor ce monde aux allures triballes, investi par des mécènes et des visionnaires comme l'étaient Pouget et Mireval, je ressentais un doux frisson à vouloir y entrer davantage.

Mandatée par La Marseillaise, je me rendais donc aux Badons à la rencontre du fils Pouget pour une première interview.

En sortant de mon véhicule, après ce long trajet au bord du Vaccarès, je ne tardai pas à être cernée par un trio de labradors bruyants mais à l'aboiement plutôt sympathique.

C'était tant-mieux parce que les chiens me font flipper.
Ils tournoyaient autour de mon véhicule à la limite d'en lustrer la carrosserie avec leur robe chocolat.
« Milo ! César ! Campion ! allez, laissez-nous ! » furent les mots que j'entendis en posant mon pied au sol.

Émanant d'une porte entrebaillée, la voix puissante et le ton ferme activèrent la réaction souhaitée. Les chiens partirent chacun dans une direction différente avant de se retrouver sous un préau de la bâtisse.
L'individu, le chef de meute me dis-je sur le coup, s'avança vers moi.
Ses yeux attrapèrent mon regard et semblèrent me sonder en un instant.

Des propos conventionnels accompagnèrent notre poignée de mains.

« - Bonjour, je suis Luna Youndé, stagiaire au journal La Marseillaise, j'ai téléphoné à la manade pour un article au sujet du Parc de Camargue...

- Enchanté... Oui, c'est bien moi que vous avez eu... Bienvenue aux Badons. Vous avez fait bonne route... ? Suivez-moi, on va discuter à l'intérieur. »

Nous nous installâmes au bar, dans la grande salle de réception.

« - Vous m'avez contacté pour le Parc mais je suis sûr que c'est l'affaire qui vous intéresse. Ça fait plus de vingt ans qu'on me bassine avec ça...

- Pardon !? L'affaire ? m'étonnai-je.

- Oui : la mort de Capestan ! C'est bien pour ça que vous êtes là ?
On m'avait accusé... Y a plein de vos collègues qui ont fouillé partout pour chercher des preuves bien que les faits m'aient disculpé. Vous vous prenez pour des policiers des fois !

Je ne connaissais pas l'histoire que Victor Pouget évoquait.
Il admit ma sincérité, je n'étais pas là pour ça, mais il continua à me la raconter. Je le laissais faire.

J'avais au fil du récit l'impression d'entrer dans un monde mystérieux.
Cela aiguisait ma curiosité, me donnait envie de sonder l'inconnu, comme pour y trouver la part de ma vie dont je n'avais pas la substance.
Je fus encore plus intriguée quand Pouget impliqua Pauline Mireval, fille de l'associé de son père et Reine d'Arles à l'époque, parmi les protagonistes de ces péripéties locales.

Ange

Ange Collier cassait un peu les codes parmi les hommes de sa génération Gallicianaise.

Il n'était pas, comme la plupart d'entre eux, allé travailler à Perrier ou à la Verrerie du Languedoc. Ni à Saint-Mamet ou Finedoc, recruteurs importants dans le bassin d'emploi du territoire.

Il avait, autant que possible, suivi des études pour accéder à des fonctions géographiquement plus éloignées, lui procurant des revenus qui selon son train de vie, laissaient supposer qu'il touchait un beau pactole.
Mais nul ne savait vraiment quels étaient son travail et ses revenus.
Il aimait faire étalage de son apparent confort financier, exhibant par exemple de gros billets pour payer sa tournée au café.
Il organisait certains soirs des réceptions en grande pompe dans le jardin du manoir qu'il louait, un des rares

de ce style en Camargue, construit à mi-chemin entre Gallician et Franquevaux.
Elles étaient repérées grâce à la myriade d'ampoules alors éclairées, dont il avait enguirlandé les immenses pins parasol du parc.

Gardian à la manade des Tourrades, il était aussi fan de corridas et se payait des places aux ferias de Nîmes, d'Arles. Un budget élevé pour assouvir sa passion tauromachique.

La *rébalade* était un de ses loisirs favoris qui le rapprochait de ses contemporains locaux. Avec son *negachin*, il aimait surprendre les foulques au détour des *mates* de roseaux. Il manœuvrait sa petite barque de bois qui, masquée dans la végétation, ondulait sur l'eau comme un serpent langoureux.

C'est ainsi qu'il découvrit un jour un *clair* où était rassemblé un grand nombre d'oiseaux en train de disséquer des bouts de grattes. L'eau était visiblement limpide.
Masqué par un rideau de roseaux, il repérait les foulques qui se régalaient de cette profusion d'herbes aquatiques tapissant le plan d'eau.

Ange, à genoux dans sa barque posa délicatement la *partègue* en veillant à ne cogner aucune partie de l'embarcation.
Le moindre bruit aurait fait fuir son gibier.
Il mit en joue tout en se redressant lentement pour

passer le canon au dessus des roseaux, visa les oiseaux les mieux regroupés et lâcha un premier coup de feu.

Le plan d'eau se mit alors à bouillir, battu par les pattes des rallidés qui fuyaient alertement.
Deux autres détonations retentirent instantanément.

Le son parvint jusque dans les vignes, perçu par Élian en train de tailler en piémont des costières.

Ange avait vidé son Beretta semi automatique.
Sans prendre leur envol, les foulques avaient promptement *raspaillé* avant de disparaître totalement dans l'épaisse ceinture de roseaux.

Le silence était presque assourdissant après ce triple fracas. Ange, le cœur emballé, scruta le plan d'eau. Six oiseaux gisaient.
Il posa son arme, reprit en mains la partègue et poussa le négachin pour aller ramasser ses proies.

Il découvrit incrédule parmi les six foulques, l'une d'entre elles qui avait un plumage bleu, le bec et les pattes rouges. Du jamais vu !

De retour chez lui, Ange rangea son matériel et amena à la cuisine son gibier qui remplissait un grand sac en toile.
Il déposa le fardeau sur la table.
Après avoir rassemblé ses ustensiles, planche à découper, couteaux, plusieurs plats, et préparé une bassine en guise de poubelle, il sortit les foulques en bout de table.

Il allait les dépecer avec précision pour ne garder que la belle chair rouge des rallidés.
Une fois la peau retirée, il vidait la bête, récupérait les abats, cœur, foie, gésier indispensables à la qualité du civet que sa mère lui cuisinait.
Il en servait parfois en sachant faire vanter son talent de chasseur à l'occasion des fameuses réceptions au manoir.
Il aimait particulièrement aussi, étonnante coutume, apprêter les tripes pour les déguster préparées sur canapés en apéritif.

Sortis de l'abdomen de la foulque, les boyaux enroulés remplissaient quasiment la pomme de la main.
Il lui fallait les nettoyer sous l'eau en déroulant petit à petit cet imbroglio de tuyau viscéral. Entre ses doigts qui glissaient délicatement sur la tripe, les restes d'herbes aquatiques, dernière pitance de l'animal, suintaient dans l'évier.

Ange avait gardé la *macreuse* bleue pour la fin. Avant de la dépecer, il la prit en photo sous tous les plans. Avec une application inhabituelle pour ce type d'opération, il entailla la poitrine de l'oiseau et lui ôta la peau en tirant à deux mains de part et d'autre. Puis il coupa le cou et les os des pattes de façon à ce que les membres restent solidaires de l'enveloppe décollée de la chair. Il avait l'intention de remettre son trophée à un taxidermiste pour le faire naturaliser.

Hallucinations, rêve éveillé... ?
Des paillettes dorées, vraiment comme de l'or mélangées

aux restes d'herbiers ingérés, gouttaient sous les doigts du chasseur qui pressait délicatement le contenu des boyaux.
Ange, estomaqué, fouilla dans la cuisine pour trouver la petite passette prévue pour servir les infusions. Il l'amena en tremblant dans l'évier et continua son vidage de tripes dans le tamis de fortune. Sous le robinet qui laissait couler un filet d'eau, le fond de l'accessoire devint très vite aussi jaune luisant qu'un mini soleil.

La passette s'alourdit et fut rapidement à-demie remplie d'une matière dorée. Le reste du contenu, plus léger, des morceaux à base d'herbes broyées s'échappaient de l'ustensile avant d'être avalés par le siphon.

Ange finit l'opération, déjà convaincu qu'il était en train de faire une extraordinaire trouvaille.

Pour finir, il prit un filtre à café, le posa sur le plan d'évier libre de vaisselle et en le tapotant vida à l'intérieur le contenu de sa passoire.
Il y en avait pas loin de 100 grammes. Ce ne pouvait être que de l'or. La couleur, le poids ne laissaient planer aucun doute.
« Ce n'est pas une foulque lui avait dit son ami Hubert le taxidermiste à qui il confia la peau pour naturaliser l'oiseau. C'est la poule sultane. On l'appelle aussi la poule d'eau d'Egypte ou encore la talève... C'était un animal sacré du temps des Romains il paraît. Tu sais que c'est rare par ici... »

« Oui, un sacré oiseau !» se dit Ange. Et il se garda bien de révéler à qui que ce soit ce qu'il avait trouvé dans les entrailles du volatile.

Au plus vite, il retourna avec sa barque explorer ce clair où il avait tiré la macreuse bleue. L'eau cristalline, sa fraîcheur, les herbiers d'une qualité particulière qui en composaient la flore, différents de ceux habituellement visibles dans le marais, indiquaient sans aucun doute la présence d'un loron.

Son hypothèse quant aux pépites qu'il avait trouvées était simple et raisonnable : la talève avait ingéré les petites cailloux précieux, extirpés des entrailles souterraines par la résurgence aquatique. Mais ici-même, impossible de fouiller. Le danger d'être avalé par le sol était réel. En Camargue, on ne joue pas avec les lorons ! savait-il.

La seule option qu'il envisagea fut de tous les localiser en prospectant le territoire et d'y traquer obstinément la talève sultane.

Pour le loron en bordure du Scamandre où il avait réalisé son extraordinaire prise, il décida de créer une sorte de camps à proximité d'une *rague* qui permettait de le rejoindre.
L'endroit était préservé. Pour y accéder, il fallait déjà passer le canal en bateau. Côté nord, le chemin de halage était praticable en voiture. La circulation sur la berge opposée était devenue complètement impossible.
Là, sur la zone choisie, il débroussailla et fabriqua

un cabanon en planches de belle facture pour y venir principalement motivé par la traque de la poule sultane et aussi passer la nuit à pêcher dans le canal.
Le « cabanon », confortable équipé avec ses couchettes et ses lampes tempêtes devint un repère pour Ange et son entourage qui trouvaient là, les sensations d'un monde de liberté et d'osmose avec le marécage tout proche.

Gautier Rapuçon et les membres de l'UEPM

Luna avait eu accès à l'ensemble des compte-rendus d'auditions menées par le capitaine Martino, des dizaines de pages et des cassettes audio consultables au tribunal de Nîmes. Parmi les enregistrements, elle avait relevé ce témoignage de Gautier Rapuçon, président de l'UEPM, qui relatait cette manifestation organisée la veille de la Cocarde d'Or : « Avec les militants, nous nous étions donnés rendez-vous au vieux château d'eau, près du pont de Tourradons.
Un bâtiment criblé de balles et pas mal lézardé.
Nous allions y inscrire nos slogans à l'attention de tous ceux qui passaient par là.

La tauromachie avec mise à mort était notre ennemie majeure. Ce qui nous insupportait, c'est que dans « mise à mort » il fallait entendre celle de l'animal.
Pourquoi pas celle de l'homme après tout... ?

Un de nos outils favoris : la bombe de peinture.
Dès arrivés, nous laissions notre empreinte sur le bâtiment.
CORRIDA = HONTE
Dans le collimateur de notre action, il fallait parvenir à obtenir la prohibition de toutes formes de jeux utilisant des animaux pour satisfaire le plaisir d'une société désuète.

Peut-être dans une autre vie, avions-nous été des taureaux d'arènes, des animaux de cirques... Réincarnés en humains.

Nous brandissions notre nom, Une Epée Pour Minos, signature UEPM.

Ce dimanche 5 juillet 1981, nous étions particulièrement remontés pour agir et faire avancer la cause.
L'objectif était de nous faire remarquer en perturbant le travail de la manade des Tourrades.
Il fallait que les effets de notre manifestation retentissent dans toute la région à la veille d'un événement annuel, la Cocarde d'Or, qui allait se dérouler le lendemain dans les arènes d'Arles.

Nous étions un dizaine pour accomplir cette mission. Les forces vives de l'UEPM.

Et nous avions dans le collimateur cette manade qui comptait parmi ses soutiens pas mal d'amateurs de tauromachie espagnole.

Il y en a un d'ailleurs qui avait fait parler de lui il y a quelques années, disparu lors d'une partie de chasse. On ne l'a jamais retrouvé.
Cela faisait un barbare de moins sur la planète !
Nous étions là pour faire entendre la voix des taureaux dont la vie méritait autre chose que ces jeux sordides pour lesquels on les enfermait dans une arène et dont ils ne ressortaient pas.

Notre groupe était maintenant rassemblé sur la berge du canal, tout près de l'enclos où les bovins avaient passé la nuit.
Les gardians allaient venir par là pour trier le cocardier qui allait participer à la course du lendemain.

À force d'observations, d'infiltrations aussi – des membres du collectif étaient assez habiles pour approcher l'entourage de la manade sans être démasqués – nous étions bien renseignés sur la façon dont ces cow-boys camarguais procédaient.

Le taureau de la course allait être isolé et, avec le simbeù, passer la nuit dans le bouvaù du mas.

C'est là que nous allions intervenir plus tard.

Pour l'heure, fumigènes, banderoles et cornes de brunes allaient être nos armes pour mettre le waï.
Nos gesticulations au bord du canal face aux gardians qui approchaient n'étaient en fait que diversion.
Deux d'entre nous avaient pour mission de trouver dans

la cabane de Régis Galoubier, le produit qu'il fabriquait pour rendre ses flèches mortelles.
À l'arc, il tuait comme ça des sangliers.
L'idée même de l'assassinat d'un animal par un humain nous était insupportable.

Nous n'avions rien à consentir, notre vision du monde était juste, et peu importe si pour certains, cela s'assimilait à de l'intégrisme. »

L'attitude des gardians n'était pas rapportée dans les propos enregistrés de Gautier Rapuçon. Il n'aurait d'ailleurs pas pu donner beaucoup d'éléments, vu que la confrontation entre les deux parties s'était tenue à distance.

Luna, devenue au fil de l'enquête presque familière avec l'image qu'elle se faisait des protagonistes, s'autorisa à songer à la façon dont les cavaliers des Tourrades auraient pu réagir face à leurs opposants. Elle s'employa à décrire la scène :

« Oh putain, y a les baù qui sont là » dit Roux à l'approche de la digue où les UEPM étaient installés.
Les baù cela signifiaient les *caluds*.

Animés par une pensée dogmatique, ils étaient surtout inquiétants comme peuvent l'être les membres actifs de courants extrémistes.
« Pourquoi tu t'énerves ? répondit Isnard. En 1921, il y a eu la Levée des tridents à Nîmes. Déjà, on sentait la

menace des Parigots qui voulaient annuler nos coutumes parce qu'elles ne leur plaisaient pas.
Et ça a capoté, parce que la Camargue s'est rassemblée.
S'il faut le refaire, on le refera ...
Regarde moi les ces imbéciles avec leur fumée et leurs sifflets... ils font peur à tous les oiseaux ...
Quelle bande de trous du cul !
J'en deviendrais méchant, à espérer qu'ils subissent là, le sort du Belge, le gardian de Delbosc. »

Luna s'intéressait globalement à tous les faits marquants qui s'étaient déroulés sur ce territoire, sans lien forcément direct avec son sujet.
Juste à cet endroit là, où manifestaient les UEPM, Georges Déhonte – dit le Belge - et son fils de quatorze ans, avaient trouvé tragiquement la mort en 1944.

« Et c'est quoi le sort qu'il a connu le Belge ? demanda Roux.
- Tu sais pas ce qui s'est passé juste là, après la guerre !? répondit Isnard. C'est pas rigolo du tout... Mais je te raconte si tu veux »

La question était factuelle. Elian allait tout raconter. Il avait très envie de relater l'événement.

Progressant sur leur monture, les gardians étaient coutumiers de ces instants de discussions soulignés par le bruit des expulsions nasales chevalines et par le clapotis des sabots sur le sol fangeux.

Les chouic, chouic ponctuaient le trajet comme un métronome.
Isnard, ton solennel, entama son propos :

« Déhonte, c'était le gardian de Delbosc.
Il avait connu la première guerre, y avait survécu et comptait bien clôturer cette seconde avec son expérience et tous les affres qu'il avait endurés.
Ce jour là de 1944, il gardait les taureaux avec son fils, ici même.

Le Pont Rouge, là bas, où tu vois tous ces imbéciles, avait été dynamité la veille.
Les Allemands faisaient tout péter.

- Carrément, y avait plus de pont !? Réagit Roux.

- C'est ça, repris Isnard.
Alors Georges dit à son fils : on va aller voir la-bas si y a pas quelque chose à ramasser que les Allemands ont laissée.

Et une fois sur place :
Tè vé... une grenade. Je vais te montrer comment ça se démonte.
Ce qu'il ne fallait pas faire...
Georges commence avec son couteau à *chouchiller* la grenade et ce qui devait arrivait arriva.
Explosion ! la grenade a éclaté et il ont été tués sur le coup, tous les deux.
- Terrible !

- Il paraît que le petit ne tenait que par la colonne vertébrale. Il était vidé. Et les deux chevaux qui étaient derrière eux n'ont rien eu.

- Putain, mais il s'en est passé des choses par là, commenta Roux.

- Il y a juste le cheval de Georges qui a eu la lèvre ouverte, il s'appelait Pétassa, je sais.
Et l'autre, celui du fils, il a eu un trou dans la rêne, comme si tu l'avais fait à l'emporte-pièce, et pas plus.

- Et comment on les a retrouvés ?

- C'est quelqu'un qui passait à vélo par là qui a découvert le carnage et qui est allé prévenir Raoul Daleau, le commissaire du Cailar, en lui décrivant l'état des victimes.

- Le commissaire ?

- Oui le commissaire comme on l'appelait, mais en vérité c'était le garde champêtre.

Une fois prévenu, Raoul devait trouver un moyen pour aller chercher les corps... Alors il est allé voir Casimir Raynaud... »

Arrivé chez Raynaud, Daleau expliqua la tragédie.

Casimir accepta de suite l'intervention pour laquelle le commissaire était venu le solliciter.

Les voilà partis vers le pont Rouge avec le charreton.

« Tu me fais un sacré cadeau à me demander ça, dit le père Raynaud au garde champêtre... »

Les deux hommes passèrent par le pont de la Clapière où ils rencontrèrent Marcel, le fils de Casimir qui gardait des *tau* dans les près voisins.
Casimir expliqua à son fils ce qu'il s'était passé.

« J'ai entendu la déflagration, dit Marcel. J'ai même vu monter de la fumée. »

« Une fois à destination, reprit Elian, il fallut accomplir le chargement funèbre, monter dans le charreton les deux corps pour les ramener au Cailar.
En arrivant au village où la nouvelle du drame s'était répandue, il y avait plus de monde qu'un jour de fête, au niveau du Portalet, comme pour espérer l'abrivado.
La veuve était là, avec son autre enfant, une fillette. Elle récupéra le mari et le fils, les corps en lambeaux, avec l'aide de quelques amis pour les rentrer dans la maison, rue de la Forge.
C'est une histoire terrible ! Finit Isnard. »

Luna avait compris que les membres de l'UEPM qui gesticulaient au bord du canal cherchaient surtout à faire diversion.
Pendant ce temps, deux des leurs allaient fouiller dans le mas, avec l'intention de laisser des traces ostentatoires de leur passage dans la propriété.

La cabane de Galoubier n'échappa pas au projet. Les activistes mandatés pour l'opération ouvrirent la cage aux oiseaux.
Canards, talèves, guêpiers accédaient pour la première fois à un univers sans limite, mis à part celle de leur survie, que les lois de la nature allaient dorénavant conditionner.

Ils entrèrent dans le repère de l'Apiculteur en cherchant précisément ce que Gautier leur avait commandé : ramener les flacons d'huile à flèches.

Quels étaient leurs projets avec ce poison ? simplement faire en sorte que son inventeur en soit privé, qu'il soit moins performant face à son gibier.
Ou bien Rapuçon avait-il une autre idée ? Comptait-il utiliser le produit pour d'autres desseins que son combat animaliste lui dictait sans concession ?

Les gardians purent finalement accomplir leur travail.
Sur le moment, les simagrées des manifestants n'eurent pour effet que de rendre compte au voisinage qu'ils étaient là, qu'ils existaient.

Le constat fut moins relatif quand les cibles de la préméditation eurent conscience des attaques qui les avaient visés.

La cabane de Galoubier avait été pillée.
Et, découverte brutale au matin du 5 juillet, Caldérone qui avait été parqué dans le bouvau en vue de la course de l'après-midi n'était plus là, tout comme le simbeù avec

lequel il avait été enfermé. Tous les deux avaient regagné le pré.

Quelqu'un avait fait s'échapper les deux bioù en ouvrant le toril qui faisait frontière, une sorte de sas, entre le rond d'arène et la liberté du pays.

Et là, dans cet espace intermédiaire prévu pour que les gardians puissent encocarder ou soigner une bête, il y avait moyen de trafiquer les cornes, de les *affeiter*, de les affûter, ou même de manigancer on ne sait quoi.

Des gestes hypothétiques pouvant impliquer l'UEPM dans la mort de Capestan.
Ce groupuscule pouvait être d'autant plus suspect qu'il s'était au lendemain réjoui de cette tragédie, en l'ayant commuée en fête sur les ondes de la radio libre qu'il animait.

Au petit matin, après la découverte de son habitation pillée et vandalisée la veille, Galoubier fut le premier à pester :

« Oh putain, ces cons !!! Ils nous ont aussi fait échapper Caldérone ! »

Isolé le soir avant la Cocarde d'or, le cocardier devait ainsi évacuer la séquence du tri et se retrouver dans le bouvaù avec tout le confort nécessaire, eau et fourrage afin d'être dans la meilleure des formes pour la compétition. Au plus vite après l'alerte de l'apiculteur, les gardians durent aller récupérer Moïse et Caldérone attendus l'après-midi même dans l'amphithéâtre arlésien.

Luna

J'étais surprise d'être à ce point touchée par ces anecdotes, sortes de cartes postales que je découvrais au fil de mon travail.

Depuis ma rencontre avec Pouget, je n'avais de cesse de prospecter. Je m'étais trouvée une passion pour cette histoire camarguaise.

J'avais même des sensations de déjà vécu.

Rien ne me prédisposait à cet intérêt pour la tribu de gens de bouvine, de ces chasseurs, ou encore de ces écologistes-là, très vindicatifs.
Je n'avais qu'à faire mon métier, relater des faits et susciter chez les lecteurs du journal l'envie d'en savoir plus.
J'étais surprise par mon engouement à vouloir pénétrer davantage dans l'immensité du Vaccarès, à me risquer dans les lorons du Scamandre...
J'étais une fille de la ville, élevée à Marseille par une mère chef de service à la mairie du 13° arrondissement et un père professeur de biologie au collège Renoir.
Qu'est ce que la Camargue avait à voir avec ma vie ?

Enfant adoptée à ma naissance, j'étais peut-être dans une quête de mes origines ?
Je savais que ma mère biologique n'avait pas pu me garder à cause d'un conflit familial et que mon père était mort avant que je ne vienne au monde.

Mes parents n'avaient pas eu davantage d'informations à me donner et je n'en souffrais pas.

Mais inconsciemment, cette part d'inconnu me motivait peut-être dans mon métier de journaliste en poussant cette perpétuelle soif de comprendre le monde qui m'entourait.

Lionel

C'était l'entracte.
Nous étions au coude à coude avec Pouget.
Il avait coupé la cocarde de Romain.
Je la levais.

Il s'octroyait le premier gland de Figarès. Je ravissais le second, puis je coupais le frontal.

Sief El-Bari nous talonnait.
Gaucher comme Pouget, il prenait par moment l'ascendant sur Victor.
Je devais jouer avec leur duel pour mettre la pression sur mon rival.
Après le raset de Victor, la ficelle de Gandar était bien entamée. Il restait quatre ou cinq tours. Elle serait alors pour moi ou pour El-Bari, c'était quasiment sûr.

Je m'élançai, m'appuyai sur la tête du cocardier en plaçant mon crochet. La ficelle éclata mais un bout resta posé sur la *bane*.
Sur la reprise, la main habile du gaucher fit mouche. Il nous souffla la ficelle et avec, la prime de 950 francs.

L'important pour moi à ce stade de la compétition, consistait à être en tête.
Avec mes deux points d'avance, j'étais déjà psychologiquement bien placé.

Quinze minutes pour se ressourcer.
Je ne retournais pas aux vestiaires. Pas envie de côtoyer les autres raseteurs, trop de tension...

Puis il fait une chaleur pas possible dans cette salle.
Je restais sous les arches, éloigné de mes concurrents, assis sur des escaliers qui conduisaient aux gradins.

Comme un mirage, la silhouette de Pauline remplit soudain mon regard.
Elle m'apparut dans le contre-jour du couloir voûté.
À sa vue, je n'entendis plus le bourdonnement du public qui enrobait les pierres millénaires.

« -Comment m'as tu trouvé ?
- Je savais que tu serais dans un endroit tranquille, répondit Pauline. Les arènes sont grandes, mais je t'y débusquerais dans n'importe quel recoin », me dit-elle d'un ton souriant en prenant mon visage dans ses mains pour me donner un baiser.»

Ce n'était pas dans ses habitudes de venir me rejoindre ainsi, surtout quand elle était en représentation.

« - Lionel, il faut que je te parle. Ça ne peut pas attendre.
- Je t'écoute.
- Je suis enceinte ! »

Elle plongea ses yeux dans les miens en me laissant y lire tout l'amour qui nous liait, voilé par une expression d'effroi.
Sans avoir à parler, nous pouvions échanger nos émotions qui se mêlaient dans nos regards avec une extraordinaire puissance communicative.

« Messieurs les portiers, en place, s'il vous plait ! » annonça le Président de course.

À peine avais-je eu le temps d'un mouvement de tête que Pauline avait disparu.
Mon ange s'en était allé, envolé parmi les siens dans cette constellations d'âmes qui par milliers, faisait comme un cercle de vie au dessus de la notre – celle des raseteurs – en sursis.
Nous ne nous étions rien dit de plus.
Je retournais vers la piste avec cette nouvelle qui résonnait dans ma tête. J'en étais d'autant plus galvanisé. J'étais persuadé que ma victoire allait rendre notre union officielle.

Je fantasmais sans autre alternative possible : « Pauline Mireval et Lionel Capestan vont se marier. »

Et quoi qu'il en soit, cela ne pouvait pas aller autrement avec notre enfant à venir. Son annonce m'avait rendu encore plus guerrier.

Mon seul regret à ce moment là, était d'avoir caché à Pauline ce que j'avais manigancé pour lever le trophée.
Mais je ne pouvais pas le lui dire.
Et je n'en étais pas particulièrement fier.

En retournant vers la piste, je croisai Joséphine, notre amie et aussi demoiselle d'honneur de la Reine, dans sa fonction d'ambassadrice.
C'est à elle que je confiai le secret.
Elle avait notre entière confiance.

Je devais gagner la Cocarde d'Or pour que notre bonheur, tout ce que nous voulions construire avec Pauline, soit enfin scellé.

Danglar

Ce dimanche là, de retour du culte, Jean Danglar semblait préoccupé.

Le pasteur avait développé son homélie sur les thèmes de la passation, de l'héritage, de tout ce que l'on possédait et laissait d'immatériel ou de matériel après la mort, qui nous inscrivait dans une vie éternelle.

Danglar avait retenu que : « l'homme était fait collaborateur de Dieu, placé dans la position du gérant ou de l'intendant, appelé à mettre en œuvre et en valeur toutes les richesses de la création. »

Et c'est bien ainsi qu'il se positionnait à la tête du domaine, qu'il concevait d'ailleurs comme une sorte de jardin d'Eden.
Toujours très alerte, mais approchant les quatre-vingts ans, le manadier devait programmer les Tourrades à ne pas péricliter quand il ne serait plus là.

Il avait en tête deux options qui se balançaient comme un métronome qui certaines nuits, chahutaient son sommeil.

Sans héritier naturel, Danglar envisageait de léguer la propriété à un proche, ou bien de la vendre dans la mesure où un acquéreur pourrait l'acheter et la pérenniser dans son intégralité.

Convaincu que le tout avait bien plus de valeur que la somme des parties, il n'admettait pas que les Tourrades puissent être morcelées.
Son successeur, quel qu'il soit, serait choisi en tenant compte de ce critère non négociable.

Le Cercle de la Fourchette, club d'amis vauverdois dont l'objet associatif ne réclame pas de précision, était venu passer la matinée, ariber les bêtes, et achevait ce moment convivial par un déjeuner sous la tonnelle du mas en compagnie des gardians, Roux et Isnard.
Le raseteur Capestan était là également, venu monter un jeune cheval qu'il avait la charge de débourrer.

Jean Danglar s'avança vers la grande tablée dont le brouhaha s'atténua progressivement à son approche.

« Ah, voilà le pélot... » réagirent des convives à voix basses, à la limite de se mettre au garde-à-vous.
On entendait à ce moment là, la myriade de xylocopes et de bombus qui butinaient dans la glycine, plongeant dans cette pluie de fleurs dont ils se régalaient.

C'est vrai qu'il impressionnait le maître des lieux. Physiquement déjà, avec sa stature imposante et aussi, surtout, par le respect que sa fonction suscitait.

Les gens du pays, de toutes obédiences, ressentaient qu'il était mandaté par une force, quelle soit ou non céleste, pour assurer une mission : préserver tout un territoire, un royaume dont il était le seigneur.

Même les républicains les plus férus, les anarchistes – il y en avait pas mal du côté du Cailar ou d'Aimargues – ne s'opposaient pas à cette vision latifundiste, aux bénéfices des paysages camarguais, parmi lesquels les biòu demeuraient les pièces majeures.

Jean Danglar vint saluer les membres du Cercle de la Fourchette et, comme à son habitude, il était réputé pour cela, envoya une pique malicieuse à l'assistance.

« Mes chers amis, dit-il, c'est toujours un honneur de recevoir aux Tourrades, les clubs de nos villages, les gens qui se réjouissent d'être ensemble notamment portés par la passion de la bouvine. Je mettrai juste un bémol à mes remerciements qui saluent votre présence : il n'y a ici, accrochés aux patères derrière vous, que des chapeaux pour des têtes d'hommes. D'autres modèles, plus féminins je veux dire, ou des ombrelles seraient une prochaine fois bienvenues ! J'espère que vous m'aurez entendu. Il faudrait songer à partager et les temps de réjouissance, et les tâches domestiques ! »

Sur ces mots, dont on ne sait pas vraiment s'ils avaient une connotation solennelle, ou s'ils avaient plutôt simplement vocation à taquiner l'auditoire, le manadier s'avança vers Roux et Isnard, un peu à l'écart du groupe.

Les convives reprirent leurs discussions et poursuivirent leurs agapes, jouissant de l'ambiance du moment.

« Jérôme, Elian, j'ai à vous parler » entreprit Danglar.
« Je vais bientôt en avoir quatre-vingt, vous savez... Le temps de m'occuper pleinement de ce qui va se passer après moi, commence à être urgent.
Ne vous inquiétez pas je ne suis pas moribond !
Mais je suis lucide.
Alors, je tenais à vous dire que quand je ne serai plus là, vous aurez la charge de continuer comme vous l'avez toujours fait jusqu'à aujourd'hui, avec cette dévotion qui vous anime et pour laquelle je vous suis énormément reconnaissant.
Je ne sais pas à qui je lèguerai les Tourrades. Je ne sais pas si je vendrai.
Les conditions seront en tous cas établies pour que rien de tout ce qui a été préservé, choyé jusqu'à maintenant, ne risque d'être abîmé.
L'héritier que je désignerai sera peut-être l'un de vous, mes amis, mes fidèles gardians. »

Sur ces mots, Roux et Isnard reçurent avec émotion toute la reconnaissance du pélot et ressentirent l'honneur et la responsabilité qui pourraient leur incomber selon les choix de Danglar.

Enfin, le Pélot ajouta, en tournant son regard vers Lionel Capestan, en train de desceller tout près de là, le jeune cheval qu'il venait de monter :
« Et si je confiais tout à un jeune prodige, je compte évidemment sur vous pour l'aider à avancer avec votre expérience et toute votre bienveillance. »

Les confidences du manadier n'avaient pas vocation à déclencher un débat. Les deux gardians devaient les intégrer, se les approprier.

Elian Isnard semblait toutefois contrarié par la façon dont Danglar avait parlé et même regardé Capestan.
Ce ton affectueux aux accents paternels, ces yeux pétillants d'optimisme, lui donnaient l'impression que les jeux étaient faits quant à la succession que le manadier avait évoquée.

Natura Camargua

En poursuivant mes investigations, je mis la main sur le dossier Natura Camargua qui avait suscité pas mal de remous sur le territoire et qui avait même provoqué la visite du ministre de l'Environnement et du Cadre de Vie.

L'Etat, propriétaire de plusieurs milliers d'hectares en Camargue envisageait de confier leur gestion aux organismes « en mesure de répondre à la protection de la richesse écologique de la zone.»
Les mots transcrits dans le cahier des charges diffusé par le ministère avaient ranimé des tensions dont les braises n'avaient pas été complètement éteintes au moment de la création de cette réserve nationale, des années plus tôt.

Créer des sanctuaires naturels, ce n'était pas vraiment l'objet de la contestation. Chacun s'accordait sur l'idée qu'en Camargue, demeurait une part des joyaux de la Terre.

Les militants écologistes escomptaient bien être les seuls protecteurs de ce trésor.

Et les manadiers, les chasseurs, les pêcheurs qui jusque là exploitaient les espaces, craignaient d'en être exclus. Les différents protagonistes avaient été conviés en mairie pour échanger sur les projets dont beaucoup étaient poussés par les associations écologistes qui s'implantaient dans la région.
Elles réclamaient dix mille hectares pour la nature.

J'avais consulté les archives du journal pour mieux comprendre ce qui s'était tramé à cette époque et retrouvé un compte rendu des échanges qui avaient eu lieu. Cela me permettait une appréciation exhaustive des enjeux du moment.

La Marseillaise – Arles – 22 Octobre 1979

L'avenir des enganes dans les arcanes du Ministère

> Sous le haut patronage du ministre de l'Environnement et du Cadre de Vie reçu par le maire de la ville, en présence du député, les parties prenantes du programme Natura Camargua se sont retrouvées à l'Hôtel de ville pour faire entendre leur voix. En débat, le projet de délégation de gestion concernant plusieurs espaces de réserves naturelles motivé par un collectif d'associations loi 1901. Gautier Rapuçon, président du groupement associatif avait fait le déplacement depuis Nîmes, siège du mouvement, avec quelques membres déterminés qui exhibaient leurs slogans sur des banderoles en fond de salle.

Un vrai delta n'a pas de digues !
Rendre au Rhône ce qui est au Rhône
Rendre à la mer ce qui est à la mer !
Vaccarès : res nullus !

Les photos des panneaux montrés par les militants étaient intégrées à l'article. Et leurs propos dépassaient pour la plupart le sujet précis de la rencontre. Il ne s'agissait pas là d'une méprise ni d'une maladresse mais bien d'une stratégie pour asséner des messages.

Les discussions ne débouchèrent pas sur un consensus. Dans le camps des usagers, les manadiers qui avaient choisi comme porte parole Léopold Foulquier, gardian dans la manade des Tourrades, revendiquaient l'intérêt de leur présence pour l'entretien du paysage et soulignaient la valorisation économique des terrains incultes grâce à leur activité. Gautier Rapuçon argumentait quant à lui sur la nécessité de ne pas impacter les zones naturelles par une activité agricole, d'autant plus que la productivité de l'élevage camarguais était minime et motivée par des aspirations archaïques donnant lieu à des jeux avec la bête dont l'humanité aurait tout à gagner à se défaire. La décision de donner les clés de tout ou d'une partie de la Camargue aux usagers historiques ou à ceux qui revendiquaient leurs rôle de protecteurs absolus allait revenir au ministre qui après la réunion devait se rendre aux Badons pour une réception chez les manadiers Pouget-Mireval.

En aparté, sans que la Marseillaise n'ait pu en faire écho, la réunion donna lieu à des échanges très tendus. Le manadier Danglar était là, venu avec Foulquier, le gardian Galoubier et le jeune raseteur Capestan toujours aux côtés de l'élevage gardois, quand il s'agissait de le défendre.

Perdre la possibilité de faire hiverner les bêtes dans le bois des Rièges, au cœur du Vaccarès, était une inquiétude majeure.
La dispute tourna autour de ce thème.

La réunion officielle était terminée.
Dans le hall de la mairie, aux côtés de Gautier Rapuçon, des activistes zélés osèrent interpeller toute personne qui à-priori n'était pas dans leur camp. Pour le coup, ils ne s'étaient pas trompé de cible quand ils lancèrent à la face de Danglar, Galoubier et Capestan en train de quitter la salle :

« Quelle que soit la portée de notre action, c'est le taureau qui vous vaincra. Et on l'y aidera, croyez nous ! les cornes de vos bêtes seront nos épées. »

Victor Pouget et son père passaient par là au moment de l'altercation. Alors que Lionel Capestan empoignait par le coup cet interlocuteur en manque de diplomatie, il se retrouvait chahuté par la troupe de militants enclins à en découdre.
Victor entra dans la cohue et le poing levé, activa sa dispersion.

Pour le coup, les raseteurs rivaux étaient fraternellement unis face à cette adversité conjointement ressentie.

Deux mondes étaient en concurrence. Celui d'une Camargue habitée, apprivoisée, avec ses digues, ses roubines et ses ressources à entretenir et à exploiter. Et dans l'autre camp, l'idée d'un territoire sur lequel l'empreinte humaine devait s'effacer.
Suite à la réunion, rendez-vous était donné aux Badons avec les autorités, ministre, député, maire et les différentes congrégations intéressées par le débat.

Autour de la table, dans la grande salle de réception, le ministre avait pris place entouré de Jacques Pouget et de François Mireval qui salua l'ensemble des participants.

« Chers amis,
Merci d'avoir répondu à notre invitation pour partager un moment convivial. On a connu des discussions difficiles et on en connaîtra d'autres pour faire avancer le programme Natura Camargua dans le bon sens.
Le ministre qui nous fait ici l'honneur de sa présence, saura j'en suis convaincu, définir une orientation au bénéfice de ce patrimoine que nous chérissons. »

Le mot d'accueil était empreint de solennité, avec une démagogie lyrique que maîtrisait parfaitement le pélot.

Il poursuivit.
« Certains voudraient à notre place s'occuper ,de tout ça... Fit-il en ouvrant largement le bras pour balayer

l'espace, comme pour faire imaginer à l'assistance des paysages jusqu'aux limites de l'horizon.
Mais qui mieux que nous est capable de préserver ces lieux ? Nous avons besoin de ces espaces. Nous en faisons partie. Je ferai là, référence au philosophe qui refuse de dissocier la nature et les sociétés humaines... »

Mireval, personnage érudit, épatait toujours l'auditoire lors de ses prises de paroles en public. Il ne manquait pas d'invoquer dans ses discours des penseurs qui rendaient son propos flamboyant.

« Qui mieux que nous, monsieur le ministre – scanda-t-il en captant son regard – pour amener vers l'an 2000 et même au delà, dans le 21ème siècle, des paysages déjà sacralisés par Mistral, Baroncelli, ou D'Arbaud ?
Pourrions-nous imaginer que si demain nous laissions à l'abandon les digues, les roubines, les martières, la nature vierge que fantasment nos détracteurs, produirait autant d'animaux et de plantes ?

Nous, nous ne le croyons pas ! Nous sommes par expérience convaincus que notre travail favorise tout cela, les oiseaux, les insectes, les herbes dans les prés. Monsieur le ministre, faites confiance aux paysans pour préserver les paysages !

Si vous donnez la Camargue aux écologistes, ils n'en feront rien. Ils ne feront que constater comment les choses évoluent en se contentant de contempler leur monde idéal, débarrassé de la présence humaine.

Vous voyez, le bois des Rièges par exemple, reprit Mireval, sans nos bêtes, cela deviendrait le refuge de tous les sangliers de Camargue. Il n'y aurait que des *armas* et cela finirait par étouffer les *mourven.*

Monsieur le ministre, chers amis, je suis convaincu que notre manifeste pour la Camargue sera entendu. »

Un moment de silence ponctua la fin du discours suivi d'une salve d'applaudissements.
Assis face à face parmi la grande tablée qui occupait la salle de réception, Lionel Capestan et Pauline Mireval faisaient connaissance.
Cette première rencontre et la façon dont ils se regardaient, cette bulle dans laquelle ils semblaient s'être isolés du reste des convives, laissaient pressentir leur amour naissant.
Ils en oubliaient les sujets politiques qui avaient motivé la réception.

Danglar et Galoubier étaient installés près de Marc Trothmann, un Suisse fortuné qui avait investi une grosse somme en acquérant des zones humides dans le marais du Sambuc.

« - Monsieur Trothmann, merci encore pour les guêpiers, lui dit Régis. Ça marche. J'arrive bien à les élever comme vous m'aviez expliqué... »
Quelques années plus tôt, les deux hommes s'étaient rencontrés et avaient eu l'occasion d'échanger sur leur passion commune pour les oiseaux. Trothmann avait

alors appris à Galoubier comment parvenir à faire vivre à l'année, en captivité, des espèces insectivores. La chose n'était pas simple mais Régis y était parvenu et avait même fait prospérer son élevage de chasseurs d'Afrique. L'apiculteur avait pour sa part raconté des anecdotes sur des plantes locales que le Suisse avait déjà répertoriées dans ses carnets botaniques.
En y ajoutant les connaissances de Galoubier, la précision scientifique des notes de Trothmann était complétée par des appréciations issues de la tradition orale.

La grande disparité de leur condition sociale n'entachait pas leur capacité à s'enrichir mutuellement.
La valeur présumée des uns ne dépassait jamais celle des autres.
Les réceptions à la manade Pouget-Mireval étaient aussi remarquables pour cela : on pouvait y voir à la même table des grands pontes et des valets de ferme.
Pour cette occasion, Victor Pouget avait particulièrement motivé la présence de Régis Galoubier. Il avait lui même à cet effet contacté Jean Danglar pour qu'il l'amène avec lui.

Léopold Foulquier était assis à côté d'un collaborateur du ministre.
Il profita du moment pour créer de l'entente avec son voisin de table et poursuivit l'argumentaire avancé par l'hôte des lieux.

Galoubier et Trothmann se racontaient des histoires d'oiseaux. Les manadiers et les gardians parlaient bouvine.

Pauline Mireval et Lionel Capestan, au fil de leurs bavardages contribuaient sans le savoir encore à attiser le feu de leur amour naissant.

Au delà de la convivialité évidente, les objectifs de la réception avaient été tenus.
Les messages avaient été transmis aux autorités et ceux qui jouaient les rôles d'ambassadeurs camarguais, voyaient leur statut de chefs de file renforcé auprès de leurs pairs.

Après le départ du ministre, les invités se dispersèrent et certains rejoignirent des chambres apprêtées à leur intention.

Le lendemain, une battue aux sangliers était programmée sur la propriété.
Les convives intéressées ne s'étaient pas faits prier pour pouvoir y participer.

Du groupe de languedociens, seul Régis Galoubier était resté. Jean Danglar et Lionel Capestan avaient ensemble repris la route vers les Tourrades.

Victor

Victor Pouget déroulait son propos que j'enregistrais tout en prenant des notes. Je visionnais les scènes qu'il me racontait, les échanges avec le ministre, les railleries teintées d'agacement à l'intention des écologistes.

Le fumet des sarcelles rôties, coupées en deux et servies sur des tartines de pain – Pouget m'en décrivit quasiment la recette – éveilla mes papilles même si je n'en connaissais pas le véritable goût.

« Et au final, comment se sont terminées les négociations ? demandai-je à Victor.

- Disons que les pouvoirs publics ont fait preuve de bon sens, avança-t-il.

- Ils ont admis que nos activités, mieux qu'être compatibles, étaient nécessaires pour l'entretien de la Camargue.

Les représentants de l'Etat n'ont en définitive fait que corroborer ce qui avait prévalu lors de la création du Parc Naturel.

Il n'y a pas de recherche de profit dans ce que nous faisons ici...

Vous savez ce que ça coûte et ce que ça rapporte d'être manadier ?
Comme toutes passions, cela comporte son lot de gratifications et de souffrances. Le facteur économique est difficilement mesurable. C'est cette qualité de vie en accord avec la nature, transmise par nos aïeux, que nous revendiquons d'abord.
Putain ! mais ça gène qui, le fait que l'on puisse être attachés à nos traditions, à nos courses de taureaux, à nos marais de chasse !? »

Si le conflit était dissipé depuis déjà longtemps, mon interlocuteur n'en restait pas moins à fleur de peau en abordant le sujet.

« En conclusion, reprit-il, le programme Natura Camargua amena des financements pour que les écologistes conduisent des études scientifiques sur la faune, la flore...toutes ces choses que notre travail a contribué à protéger.
Et heureusement, l'utilisation du territoire ne nous était pas interdite. On allait continuer à mener nos bêtes aux Rièges, à la Bélugue, au Canavérier, à Bramasset...
Ceux qui voulaient nous chasser de nos terres, comme cet intégriste de Rapuçon ont été déboutés.
Quand je pense qu'on a failli être enfermés tous les deux dans une même cellule pour le meurtre de Capestan !
Je vous dis pas ce que ça aurait donné !
- Vous dites vos terres, mais elles ne sont pas toutes à vous puisqu'elles sont à l'État pour une bonne partie, me risquai-je à répliquer.

- C'est vrai, tout ne nous appartient pas directement, fit mine d'avouer Victor.
Ce pays est d'abord aux bêtes, c'est leur temple. Nous, nous sommes juste des servants. Et pour qu'elles vivent bien, ça passe par l'utilisation et l'entretien que l'on fait des roubines, des vannes, ce qui a été mis en place pour apprivoiser la Camargue tout en lui concédant sa part de sauvage.
C'est comme ça qu'on voit les choses et qu'on les assume. Sinon, c'est bien simple : on laisse les fossés se boucher, les digues *s'abousonner* au bord du Rhône ou en bas du Vaccarès... on abandonne tout et la Camargue devient le terrain d'études de quelques scientifiques...
Heureusement, on n'en est pas arrivé là ! »

Bien que la situation se soit apaisée entre les manadiers et les écologistes, je sentais bien dans ses paroles que Victor Pouget et les siens étaient toujours prêts pour le combat.
Ses mots sonnaient comme autant de matériaux qu'il empilait pour ériger un rempart face à une menace latente.

« - Et sur l'histoire de Capestan, alors... ? Vous aviez commencé à m'en parler... je rappelai, un peu gênée.

- Ah ! Je savais que vous y reviendriez !
Chaque fois que j'ai reçu des journalistes, j'y ai eu droit !
Même dans l'interview pour mon jubilé de raseteur, j'y ai eu droit !
Mais bon, c'est moi qui ai lancé le bouchon, alors allons- y...

Lionel, je vous l'ai dit, est mort en 1981, le jour de la Cocarde d'Or.
Je ne vais pas revenir sur les circonstances, vous pourrez trouver tout ça si vous voulez dans les dossiers de la Marseillaise. J'ai été accusé parce qu'avant la course, je m'étais rendu dans le toril des arènes pour vérifier l'encocardement des taureaux.
Je voulais aussi ressentir les biou, ça allait avec ma concentration. Puis il y avait un des nôtres, un cocardier des Badons, Figarès, je voulais le voir, c'est tout...
J'aurais soit disant pu mettre à ce moment-là un truc sur les cornes de Caldérone, celui des Tourrades.
Vous imaginez ? »

Non, je n'imaginais rien vu que je n'étais pas inspectrice de police spécialiste des affaires criminelles et que j'étais notamment en train de découvrir ce que signifiait l'*encocardement* et plein d'autres choses dans le genre.

J'avais à parfaire mon apprentissage de la culture taurine camarguaise avant de pouvoir prétendre à quelques hypothèses sur quoi que ce soit en la matière.

« - Il était bien là, Capestan, le soir de cette réception ? demandais-je.
Et vous m'avez parlé de Pauline Mireval aussi.
- Oui, ils y étaient tous les deux.
C'est là qu'ils se sont connus, je crois, mais je ne pourrai pas vous en dire beaucoup plus.
Elle était Reine d'Arles.
Lui, gravissait les échelons de la course camarguaise.

Il devait avoir dix neuf ans... Oui c'est ça, puisqu'il avait un an de moins que moi. On n'a su que plus tard qu'ils avaient eu une liaison tous les deux.
C'était un amour caché.
Enfin, on ne l'a jamais su officiellement, ce sont des suppositions.
On n'a jamais réellement connu ce qu'il s'était passé.
En tous cas, après le décès de Lionel, Pauline a à peine terminé son règne et elle est partie vivre une certain temps chez une tante à Marseille, puis elle a quitté la région. Elle est même allée vivre en Espagne. Apparemment, elle devait être très amoureuse et n'a pas supporté.
Enfin, on n'en sait rien !
Ce qui est sûr, c'est qu'on ne l'a plus revue ici aux Badons, ni je pense ailleurs en Camargue.
Cela fait donc une bonne vingtaine d'années et c'est dommage... Elle était jolie comme un cœur, un peu comme vous... Vous m'y faites penser. »

Alors lui, il y allait cash !
Je ne savais pas si le quadragénaire était vraiment en train de me draguer ou si sa remarque lui était venue naturellement dans le fil de son récit, sans préméditation.
Je n'y vis pas d'offense.
Il poursuivit.
« Et quand on essayait d'en parler à ses parents, ils bottaient de suite en touche en invoquant ses études, que c'était plus simple à Marseille... On a vite compris que le sujet était tabou.
Les quelques nouvelles que j'ai pu avoir, c'est par l'intermédiaire de Joséphine Valette, son amie intime. Je

la voyais souvent aux arènes. Elle n'était pas très prolixe mais le peu qu'elle me disait me permettait de croire que Pauline allait bien.
Joséphine vit à Saliers, pas loin d'ici. Elle travaille dans une maison d'édition arlésienne. L'édition, c'est un peu votre métier, vous devriez la retrouver facilement .»

Victor avait raison.
Je devais dans ma démarche essayer de rencontrer Joséphine Valette, tandis que des pressentiments quant à ma propre vie, commençaient à m'envahir.

Chasse aux Badons

L'ensemble des gardians de la manade avait été sollicité ce matin-là.
Non pas pour trier des taureaux mais bien pour *bartasser* à cheval à travers toutes les *montilles* du domaine qui faisaient comme des îlots posés dans le marais.

Sur ces bourrelets sablonneux hors d'eau, tamaris, filaires, pistachiers, convenaient bien aux sangliers qui y trouvaient refuge après leurs incursions nocturnes dans les rizières ou les champs de maïs alentour.

Alors que le jour pointait, une vingtaine de cavaliers préparaient leur monture sur l'esplanade, sorte de cour d'honneur ceinturée par les grandes bâtisses blanches qui constituaient les Badons.
Jacques Pouget et François Mireval s'étaient joints au groupe. Leur présence complétait naturellement l'ambiance conviviale générée la veille, qui allait être conclue par cette matinée de chasse dans des paysages somptueux.
La battue à cheval, c'était la méthode appliquée aux

Badons pour faire sortir les sangliers de leur gîte et les diriger vers les chasseurs. Les labradors, utilisés pour rapporter le gibier lors des affûts aux canards, avaient été enfermés au chenil. Et pour la matinée, les taureaux avaient été tous parqués dans le clos de tri pour ne pas être agacés par les opérations cynégétiques.
Victor Pouget était à la manœuvre en chef d'orchestre. Epaulé par quelques adeptes rompus à l'exercice, il indiquait aux uns et aux autres où poster les invités.

« Rémi, tu prends monsieur Marcon avec toi et tu le places sur la draille du fond à l'angle de Villeneuve. Il y a un petit mirador qu'on a fabriqué avec des palettes. Tu verras c'est facile à trouver.

Monsieur Vila, vous, vous allez avec Philippe, c'est le grand à la casquette là-bas... il vous postera au bord du canal de Rousty. Prenez des munitions, les cochons *gasent* souvent par là... et ne faillissez pas à votre réputation : il se dit que vous êtes une fine gâchette ! ajouta Victor sur le ton sympathique de la galéjade. »
Il distribua ainsi les postes à chaque invité avant de rejoindre Régis Galoubier en train de préparer son matériel.
Il lui avait fait part de ses intentions quant à leur duo à former pour cette chasse.

« - J'ai pris un arc pour toi comme tu m'as demandé, lui dis Régis.
Tu verras, c'est vraiment autre chose ! C'est pas comme d'envoyer de la chevrotine !

Déjà, y a pas la détonation. Puis quand tu vois la bête arriver et que tu bandes ton arc, la sensation est plus forte encore qu'avec ton calibre que tu montes à l'épaule...

- Il me tarde de tester, répondit Victor, j'espère qu'il nous en sortira un ou deux dans le *carrau.* »

Les carrau, correspondait aux trajets empruntés habituellement par des bêtes sauvages, à tel point qu'une ornière au sol finissait par être tracée sur l'itinéraire ou bien qu'un petit couloir apparaissait dans les broussailles. C'était une aubaine pour les chasseurs qui savaient les repérer.

Le temps pour les cavaliers de rejoindre les montilles en traversant au pas le marais, les chasseurs étaient en place profitant du spectacle de la nature en éveil.

Des escadrilles de sarcelles fusaient dans le ciel, plongeaient subitement pour disparaître derrière un écran de roseaux, avant de ressortir plus loin et de reprendre en altitude leur manège vertigineux.
Et au dessus, comme une constellation rosée, les flamants au vol rectiligne complétaient la chorégraphie de cette revue camarguaise. C'était magnifique.

« Tu entends, chuchota Victor à Régis, ça commence à craquer sur l'îlot là-bas. Vé, y a les *bartas* qui bougent... »
Les deux hommes percevaient les voix des gardians qui fouillaient le maquis.
Leurs cris, sans que des mots soient vraiment audibles,

étaient propices à confirmer qu'ils avaient débusqué du gibier. Ils exprimaient un enthousiasme communicatif.

Les archers étaient aux aguets, chacun d'un côté du carrau, accroupis derrière des touffes de salicornes. Ils devaient à la fois gérer leur stress, mentaliser l'arrivée éventuelle de leurs cibles et s'accommoder des nuages de moustiques affamés qui compliquaient la situation.

Muni de jumelles, Pouget scruta le secteur. Les indices étaient justes. Une famille de sangliers se montra en lisière de l'îlot. Les bêtes apparaissaient et disparaissaient. Elles longeaient la bordure en se faufilant entre les buissons et la courte plage qui séparait l'étang de la montille.

Sous la pression des rabatteurs, les cochons prirent le large. Il y en avait cinq. Une mère probablement, la plus grosse bête, et quatre plus petits nageaient maintenant droit vers les chasseurs.

Pouget posa les jumelles.

« - C'est pour nous je crois ! dit-il, plein d'excitation.

- Hé ben, soyons prêts, répondit Galoubier. »

Il prit un petit pot dans sa poche, en ôta le couvercle et y trempa la pointe d'une flèche qu'il fit ensuite passer à Victor.
« Tiens petit, avec ça, on aura plus de chances.
Mais ne te blesse surtout pas avec ! »

Il fit de même ave une deuxième flèche avant de la placer sur son arc et donna le récipient à Pouget qui n'en attendait pas moins.

« Merci Régis. J'avais entendu parler de ta potion...
J'en ferai bon usage, un usage exceptionnel... ! » fit-il à voix basse tandis que les sangliers approchaient.

Ils fléchèrent la mère sortie en premier.
Le projectile de Régis atteint la bête qui s'affala dix mètres plus loin. Le tir de Victor n'eut pas la même performance, privé de l'éventuelle chance du débutant. Sa flèche finit plantée dans le *lévadon.*

Mais peu importe, le moment avait été fort à vivre.

Pouget détenait un flacon du produit fabriqué par l'apiculteur. Son souhait était accompli.

Luna

Ce n'est que bien plus tard que je me décidai à écrire ces histoires entremêlées.
Il faut dire que la Camargue m'avait séduite à tel point que je ne l'avais plus quittée.

Le beau quadragénaire que j'avais rencontré au début de mon enquête journalistique était devenu mon compagnon et, malgré la différence d'âge, on filait le bel amour.

Dès nos premiers instants ensemble, j'avais été électrisée par son charisme, l'assurance tranquille avec laquelle il s'adressait à moi.

Nous avons une petite Zoé qui se débrouille déjà très bien à cheval et qui rêve de devenir *rejoneadora.*
Suite au décès de son père, Victor était dorénavant à la tête de la manade des Badons, associé avec sa mère.

C'est sa sœur Hélène qui avait hérité des parts dans la ganaderia des Jasses-de-Gageron.

Moi, je poursuis mon métier de journaliste à La Marseillaise, où j'ai été recrutée après l'obtention de mon diplôme à Toulouse.

Le hasard, en lien avec mes aspirations professionnelles, m'avait fait découvrir ce monde et embrasser un environnement à la fois écologique et humain, loin de celui que j'avais connu auparavant.

Et pourtant, ce monde était déjà un peu le mien et cette histoire que j'écrivais, aussi surprenant que cela puisse paraître, était une sorte d'autobiographie.

Ces péripéties, et les anecdotes autour, je ne les ai évidemment pas vécues.

Pourtant, elles me concernent, elles font extraordinairement partie de ma vie.

Gautier Rapuçon

Sur Naturalia, une radio libre installée sur les hauteurs de Nîmes, les militants de l'UEPM avaient l'habitude de scander leur propagande.

La station axait ses émissions sur les thèmes de l'écologie, de la protection de la nature et des animaux.

Lors d'une chronique qu'il animait, Gautier Rapuçon profitait des ondes pour fustiger les tauromachies et attaquer de front tous ceux qui en étaient adeptes.

Il ne manquait pas de courage, ne craignant pas de provoquer une mêlée au centre de laquelle il pouvait devenir le ballon en ces terres taurines.

Quelques jours après la mort de Capestan, il diffusa une parodie de la chanson de Dalida, « il venait d'avoir 18 ans. »

Dans la pièce qui faisait office de studio, avec le concours d'une militante qui prêtait sa voix, les auteurs avaient apporté beaucoup de soin à leur intention.

Il était là question de se réjouir du décès du raseteur.

Pas très puissant, l'émetteur avait été tout de même suffisamment efficace pour générer quelques remous ainsi qu'une intervention de la gendarmerie, suite à des dépôts de plaintes.

La brigade en charge de l'enquête sur la mort de Capestan, était allée interpeller monsieur Rapuçon, apparemment très fier de sa provocation.

Il venait d'avoir 19 ans
il avait les yeux d'un enfant
Le corps d'un homme
Quand le taureau l'a cravaté
Sa vie est partie en fumée
comme un fantôme
Alors une épée pour Minos
S'est élevée vers le cosmos
C'était un signe
Quand l'ambulance l'a chargé
Il avait le corps tout noué
Comme une vigne

Il venait d'avoir 19 ans
Et n'a pas pu être au courant
De sa victoire
C'est le taureau qui a gagné
Il ne l'a pas épargné
Malgré sa gloire
Il lui avait traversé le bras
Avec sa corne acerbe
Mise en charpie en moussaka
Sa chair bleuit comme un dahlia
C'était superbe
Il venait d'avoir 19 ans
Un qui avait trop maintenant
pris l'habitude
De chahuter tous ces taureaux
De les prendre pour des agneaux
Sans être prude
C'est notre épée qui a gagné
Minos a été exhaussé
A tous ces guignols, ces pantins
C'est une histoire réservée
Eux qui croient que leurs jeux taurins
Sont en ivoire…

Gautier Rapuçon n'était pas vraiment un étranger. *Pas étranger,* en Camargue, cela signifiait qu'il n'était pas *Parigot*, ou, pour être plus précis, qu'il ne venait pas d'un secteur géographique au dessus d'Alès, par exemple. Originaire de Montpellier où il avait entamé une carrière dans l'administration, il avait demandé sa mutation dans le Gard, à Nîmes, et s'était installé à Vauvert.

Convaincu par la nécessité de sa lutte contre les jeux taurins, il avait choisi de vivre là, au cœur même d'un territoire où était né et prospérait ce qu'il combattait.

Il se considérait tel un remède que l'on injecte dans un organe à traiter.

Sa détermination était sans pareille et suscitait parfois, non pas de l'empathie, mais une certaine stupéfaction parmi ceux qu'il attaquait.

Cette parodie de chanson dépassait toutefois les limites de l'acceptable.

L'entourage du raseteur décédé, ses parents, ses amis avec en tête le manadier Danglar, avaient conjointement déposé une plainte, réclamant une jurisprudence pour « profanation de deuil. »

Et Rapuçon et ses coéquipiers devinrent même suspects dans l'assassinat de Lionel Capestan.

Luna

Mon éditeur était prêt à me suivre dans l'aventure de La Corne bleue.

Pour l'écriture, j'avais du me familiariser avec le patois local, que je ne connaissais personnellement pas. Je m'étais prise au jeu à chercher à l'employer du mieux que possible, pour être au plus près des personnages et de leur monde.

Je souhaitais mettre en avant la question des origines et des liens que l'on peut avoir avec des cultures particulières, des territoires, des traditions.

J'avais, quand-même, envie de signifier s'il en était besoin, que des gens pouvaient avoir des spécificités, des coutumes, dont il n'y avait pas de raison de contribuer à ce qu'elles s'éteignent.

Une de mes amies, journaliste elle aussi, et Provençale enracinée, citait Albert Camus pour faire référence à l'attachement au pays, quand il s'agissait de sentir ses

liens avec la terre, savoir qu'il est toujours un lieu où le cœur trouvera son accord.
Cela me paraissait très sensé.

Je ressentais que pour certains courants de pensées qualifiés de modernes, à tort selon moi, beaucoup de choses liées à la tradition n'avait plus leurs places dans un monde tourné vers une forme de futur dogmatique.

Et j'ai fini par découvrir par hasard qu'une part de moi était issue de ce patrimoine plus ou moins brocardé.

Quelques mois plus tard j'allais présenter le livre à Nîmes, lors du festival de la biographie au Carré d'Art.

Joséphine

Suivant les conseils de Victor Pouget, la jeune journaliste avait pris contact avec Joséphine Valette.
Les deux femmes se retrouvèrent sur la terrasse d'un café au bord du Rhône, à deux pas des bureaux où travaillait celle qui officiait comme demoiselle d'honneur de la Reine d'Arles, au temps du règne de Pauline Mireval.

Luna avait commencé à décrypter les informations.
Au fil de ses recherches, elle était à la fois motivée pour poursuivre et dubitative, tant ce qu'elle découvrait lui semblait invraisemblable.
Elle allait présenter son bilan à Joséphine, en escomptant compléter ou confirmer tout ce qui l'avait amenée jusque là.

Après les mots courtois et quelques minutes de bavardages concernant les grandes lignes auxquelles le

reportage était consacré, elles en vinrent assez vite à l'histoire de Pauline et Lionel.
Et chacune se rendit compte de cette convergence de faits qui ramenait à l'élève journaliste et vers son prénom en particulier.

« - Je me doutais que tu viendrais un jour. Luna, c'est le prénom que ta mère avait choisi. Il n'y en a pas des masses des Luna.
Cela me fait une émotion terrible que tu sois là.
Comment m'as tu trouvée ?

- Victor Pouget, le manadier, m'a conseillé de venir vous voir pour compléter un dossier que j'écris sur la Camargue. »

Et j'ai vite compris que, par je ne sais quelle magie, je me retrouvais au cœur de ma propre histoire, de celle d'une famille, d'un peuple je dirais presque, dont je proviens.

« - Et tu voudrais que je t'en dise davantage ?

- Oui, le plus possible. »

C'est ce que fit Joséphine. Elle s'ouvrit comme un grand livre pour me parler des arènes, des Tourrades, des Badons, de tous ces gens qu'elle connaissait ou qu'elle avait connus.
Elle m'apprit que Pauline et Lionel avaient l'habitude de se retrouver clandestinement dans une cabanon en bois abandonnée au bord du canal, près de l'étang

du Scamandre. Un endroit que l'on appelait la cabane d'Ange.

Ils s'y rendaient souvent le dimanche après les courses et avaient pour alibi, surtout Pauline envers ses parents, une soirée entre amis dans cette étonnante discothèque où se rencontraient beaucoup de gens de bouvine.
C'était une sorte de maset isolé dans une pinède.
On aurait dit un repère de contrebandiers, loin de tout et seulement accessibles aux initiés.
L'endroit était particulièrement prisé par les raseteurs et leur entourage.
Lionel et Pauline s'y rejoignaient avant de partir discrètement vers le cabanon.

« J'étais leur complice, précisa Joséphine, j'essayais de les épauler autant que possible pour qu'ils vivent leur amour. La cabane d'Ange, c'était un peu bucolique comme lieu mais ils aimaient bien ça, à l'écart des lumières, agréables mais parfois éblouissantes, qui les avaient éclaboussés dans les arènes. »

Puis vint le secret de Capestan, celui dont Joséphine avait été la seule confidente à la fin de l'entracte, pendant la Cocarde d'Or.

Il lui avait confirmé qu'il gagnerait le trophée, il en était sûr et c'est Caldérone le cocardier des Tourrades qui les départagerait lui et Pouget.
Il en avait la conviction absolue.

« Aucun gaucher ne pourra sortir du *berceau*, avait-il dit. Il envoie trop la corne quand on le passe à gauche. Et s'il touche un type, ce raseteur ne reviendra pas en piste.
Il a du venin au bout des *banes*, je lui ai mis quand j'ai amené du grain à la *gamatte*. J'arrive à l'approcher, à lui toucher les cornes. Il se laisse faire. »

Et puis Joséphine en vint à Pauline :

« Je sais où elle vit en Espagne. Elle est toujours dans le milieu taurin, pense un peu... Mais je n'ai pas le droit de te donner plus d'informations.
C'est un pacte moral que je m'impose vis-à-vis d'elle.
Si tu dois la rencontrer, et si c'est votre volonté commune, cela se produira. »

Cocarde d'Or

L'heure du verdict allait sonner.

Le président de course annonça le classement des raseteurs avant la sortie de Caldérone.
Pouget et Capestan étaient premiers ex-æquo avec 9 points. Et il précisa « les points obtenus seront uniquement comptabilisés pour départager les raseteurs à égalité pour la Cocarde d'Or. Ils compteront par contre pour l'ensemble des raseteurs dans le cadre du trophée taurin. »

Dès son entrée en piste, le cocardier fit comme à son habitude le tour de piste à toute vitesse pour y chasser tous ces hommes en blanc qui essayaient d'y prendre leurs marques.

La pointe de sa corne droite brillait au soleil, d'une lueur bleutée qui étincelait parfois.

Puis il se plaça cul aux planches, près du toril, au moment même où la trompette d'attaque donnait le coup d'envoi.

Calderone prenait bien les sollicitations, de part et d'autre, et exploitait violemment son coup de tête en envoyant fort sa corne droite aux passages des gauchers, gênés pour poser la main.

Après cinq minutes de course, cocarde et glands avaient été levés. On en était aux ficelles.
Pouget et Capestan toujours a égalité.
Dès l'annonce de la prime, Capestan prit tous ces concurrents de vitesse et coupa le frontal.
Il passait en tête avec 1 point d'avance.
La bataille s'annonçait âpre.

Les raseteurs arlésiens se liguèrent pour venir en appui à Pouget.
Les droitiers qui entravaient les départs de Capestan, et ceux qui se démenaient pour *démarmailler* la ficelle, afin de faciliter le travail de leur meneur.
Et cela fonctionna.
Sur un coup de crochet magistral, Pouget la leva, corne gauche, faisant péter quatre ou cinq tours d'un seul coup de poigne !
« La première ficelle à 1250 francs pour le raseteur Pouget » lança le président de course alors qu'une ambiance survoltée envahissait les gradins.

Victor avait pris l'avantage.

« 900 francs à la deuxième ficelle, scandèrent les haut-parleurs » qui surplombaient l'amphithéâtre.
Là, cela se compliquait pour les gauchers.

Capestan attaqua et attaqua encore.
Il se posait bien sur la ficelle et, bout après bout, déshabillait la corne du fil de coton enroulé à sa base.

Les gauchers qui s'y tentaient, devaient systématiquement esquiver le coup de tête et ne parvenaient pas à toucher l'attribut.
Pouget restait en retrait. À cet instant, il était le vainqueur.

À la treizième minute le cocardier changea de terrain.
En bordure de la contre piste, dans la partie la plus longue de l'arène, un spectateur tapa les planches pour attirer l'attention du taureau et stopper son déplacement.
C'était une aubaine.
Lionel s'élança, plaça précisément son crochet, et fit exploser la ficelle.
Des cris d'exaltation s'élevèrent des étagères.
Le taureau n'avait pas suivi et Capestan n'avait pas eu à sauter la barrière.
« Il en reste, il en reste... » Entendit-il parmi le brouhaha qui émanait de la contre-piste.

En effet, un bout de fil coincé dans une écaille, juste sous la corne, révélait que l'attribut n'était pas totalement défait.

D'un coup d'épaule, Lionel bouscula Victor prêt à démarrer. Il changea son crochet de main et, transformé en gaucher, reparti à l'assaut.
Il *embrassa* avec une parfaite dextérité, fit sauter le bout

de fil, tandis que le cocardier lui infligeait un coup de corne dans l'avant bras.
Lionel parvenait tout de même à s'échapper en contre-piste.

Il avait gagné.
Avec un point d'avance, il remportait, devant Victor Pouget, la Cocarde d'Or à laquelle il participait pour la première fois.

Poussé par ses supporters, inondé de bravos et sous le coup d'une émotion qui l'amenait quasiment à se demander s'il n'était pas en train de rêver, il partait vers l'infirmerie en appuyant sur la plaie de son bras ensanglanté.

« Je l'ai eue, se disait-il, en parcourant du regard tout ce que ces yeux pouvaient lui donner à voir dans un tourbillon d'images. Je l'ai eue ! »
Il avait gagné et, tellement galvanisé pour y parvenir, s'était mis en danger face au piège qu'il avait lui même tendu.

Au comble de son bonheur, sa vie allait devenir encore plus belle mais son cœur qui ne battait que pour Pauline et depuis peu, pour leur enfant à venir, commençait à lui meurtrir la poitrine comme poignardée de l'intérieur.

Épilogue

Le Festival de la biographie à Nîmes était un événement important dans le monde de l'édition.

Organisé en début d'année, il marquait la rentrée littéraire et offrait un bel espace médiatique.

On y retrouvait des célébrités présentant leur dernier opus, des politiques, des stars du show-biz... Et des auteurs beaucoup moins sous les projecteurs.

J'étais là pour *La Corne bleue*, cette histoire dont les lecteurs pourraient découvrir qu'elle était extraordinairement liée à la mienne.

L'espace dédié se trouvait dans la travée des auteurs régionaux.

Nous discutions, signions avec plaisir nos ouvrages pendant qu'à petits pas, des centaines d'amateurs de littérature ou de simples curieux, sillonnaient le bâtiment de Foster.

Puis, je la vis arriver, au loin.
Mon regard se porta sur elle, quasiment à l'entrée du

large couloir où les passants naviguaient d'un stand à l'autre.

Elle venait vers moi.
Je ne sais pas comment, j'ai su que c'était elle.
Ses yeux peut-être, toute sa façon d'avancer au milieu de ces gens qui d'un coup me paraissaient flous.

« Bonjour Luna » me dit-elle simplement, en me tendant le livre.

Je le lui signais, pendant qu'une émotion sans commune mesure et une sorte de plénitude m'envahissaient.

À Pauline, à Lionel,
à votre amour flamboyant qui m'a donné le jour
au choix sans jugement qui m'a conduite où je suis
à ce bonheur de vivre qui dépasse le sang
merci.
Luna

J'étais comblée, avec Zoé, Victor, notre vie aux Badons, mes parents, mon travail au journal et, au final, avec deux Reines dans ma vie : ma mère que j'aimais de tout mon cœur et Pauline, juste là devant moi.

Fin

Lexique

Abousonner (s') : s'écrouler, devenir tout plat
Acamper : rassembler le bétail
Acampade : action de rassembler le bétail
Affeiter : réduire la longueur des cornes en les sciant
Amailler (s') : se dit de plusieurs animaux qui se regroupent comme pour faire corps
Baile (le) : celui qui seconde et qui représente le manadier
Banaste : panier
Bandir : libérer, relâcher
Bane : corne
Bartas : buisson.
Bartasser : remuer les buissons pour en débusquer le gibier
Biòu : bœuf de race camarguaise
Bouvaù : enclos à proximité du pâturage, utilisé pour parquer des taureaux ou des chevaux, les entraîner, participer au dressage.
Callée (la) : pour la chasse au gibier d'eau, installation de formes en plastique ou en bois complétées par des appelants (canards vivants) afin d'attirer les oiseaux sauvages près du poste
Capelado : défilé aligné des raseteurs en piste avant le début de la course camarguaise
Carrau : empreinte, passage visible sur le sol et dans les buissons qu'un animal sauvage emprunte régulièrement
Chouchillier : tripoter, manipuler sans précaution
Cocardier : titre donné au bœuf (biòu) ou plus rarement au taureau entier (taù) doté des qualités pour participer à la course camarguaise
Courséjade : lorsque le cavalier (gardian) rattrape et guide au galop un taureau en pleine course
Démarmailler : dénouer de la ficelle, délier du fil enchevêtré

Embrasser (en course camaguaise) **:** se dit lorsqu'un raseteur droitier au moment du raset passe sa main droite sous la corne gauche pour lever un attribut et pour un raseteur gaucher, qui fait de même sous la corne droite

Fanfonne **:** manadière de grand renom (1895 / 1989) fondatrice de la manade Fanfonne Guillierme

Escrachadou **:** petite brèche dans la digue d'un cours d'eau

Espanter **:** provoquer une grosse surprise

Estribo **:** marche pied sur lequel s'appuie les raseteurs pour se propulser à l'abri en dehors de la piste, à l'issue du raset

Fouque **:** nom en patois de la foulque macroule aussi surnommée « macreuse »

Gardian(e) **:** celui ou celle qui contribue, la plupart du temps bénévolement, aux activités de la manade

Gatille (la) **:** herbiers qui surnagent dans des eaux peu profondes d'un marécage

Laupio **:** abri en bois de grande envergure, ouvert sur les côtés et à la toiture fabriquée en roseaux (sagne)

Gratte (la) **:** herbier aquatique

Lévadon **:** bande de terre surélevée en bordure d'un marais. Sert à la fois de digue et de chemin pour se déplacer hors d'eau

Macreuse **:** surnom de la foulque macroule aussi appelée « fouque »

Manade **:** élevage de bovins de race camarguaise. Manadier : propriétaire de l'élevage

Montille **:** zone exondée, souvent vestige de dunes

Négachin **:** petite barque à fond plat

Passée (la) **:** chasse aux oiseaux lors de leurs moments de déplacements, en général au lever du jour et à la tombée de la nuit

Partègue **:** longue perche en bois utilisée pour propulser et diriger le négachin

Pélot **:** patron

Rague : fossé
Raspailler : se dit des oiseaux nageurs qui battent l'eau avec leurs pattes à toutes vitesses pour rejoindre un refuge ou pour décoller
Rébalade : chasse à l'approche avec un négachin
Reine d'Arles et ses Demoiselles d'honneur : jeunes filles originaires du Pays d'Arles, élues pour une période de 3 ans selon des critères d'élégance et de connaissances des coutumes et culture locales. Elles sont des ambassadrices du territoire.
Roubine : petit canal
Clair (un) : plan d'eau dégagé au milieu de la végétation du marais
Sagne (la) : roseaux qui poussent naturellement autour des étangs
Sagneur : coupeur de roseaux vendus pour la couverture des toits
Sauvaginier : chasseur de gibier d'eau
Simbeù : bœuf docile portant une cloche. Il est exercé et habitué par le manadier et les gardians à guider individuellement ou en troupeau les autres bovins
Taù : étalon (appelé « biòu » après castration)
Testéjer : pour un taureau, remuer la tête par à-coups en essayant d'asséner un coup de corne
Toupin : pot

Avec le soutien de la Région Occitanie / Pyrénées Méditerranée.

La Région
Occitanie
Pyrénées - Méditerranée

NÎMES

Avec le soutien de la Ville de Nîmes.

Fabrication printteam groupement d'imprimeurs spécialisés,
imprimé et façonné en France, en février 2021.
www.print-team.fr